काठगोदाम की गर्मियाँ

जब शहर की लड़की पहाड़ों से टकराई...

लेखक: धीरेंद्र सिंह बिष्ट

notionpress.com

INDIA · SINGAPORE · MALAYSIA

Copyright © 2025 Dhirendra Singh Bisht

Paperback ISBN: 979-8899291531

Hardcover ISBN: 979-8899291548

Second Edition- 2025

समर्पण

उन सभी लोगों को जो हमारी ज़िंदगी में आए, कभी नाम बनकर, कभी ख़ामोशी बनकर। कुछ अधूरे रह गए, पर हमेशा दिल के किसी कोने में बस गए। और उन रिश्तों के नाम, जो कभी मुकम्मल नहीं हुए, पर सच्चे थे। — धीरेंद्र सिंह बिष्ट

अनुक्रमणिका

प्रस्तावना

हर किसी की ज़िंदगी में एक मौसम ऐसा आता है जो कभी गुजर नहीं पाता — न तारीख़ों में, न दिल के किसी कोने में। "काठगोदाम की गर्मियाँ" भी एक ऐसा ही मौसम है — न ठंडी, न तपती हुई — बस धीमे-धीमे दिल में उतर जाने वाली।

यह उपन्यास सिर्फ़ एक प्रेम कहानी नहीं है, बल्कि उन अनकहे जज़्बातों की यात्रा है जो हमारी रोज़मर्रा की ज़िंदगी में कहीं दबे रह जाते हैं। एक तरफ़ है शहर की तेज़ और व्यावसायिक दुनिया में पली कर्निका, और दूसरी तरफ़ पहाड़ों की सादगी से भरा रोहन। उनके बीच का संवाद सिर्फ़ शब्दों में नहीं, खामोशियों में भी चलता है — और यहीं से शुरू होती है एक ऐसी कहानी, जो सच्ची लगती है, हमारी-आपकी सी।

लेखक धीरेंद्र सिंह बिष्ट ने बड़ी संवेदनशीलता से छोटे शहर की गर्मियों की खुशबू, पहाड़ों की ठंडी हवा, रिश्तों की उलझन और दिल की गहराइयों को काग़ज़ पर उतारा है। हर पात्र, हर संवाद, हर दृश्य ऐसा लगता है जैसे हमारी आँखों के सामने घट रहा हो। आप जब कर्निका की उलझनें पढ़ेंगे या रोहन की चुप्पी महसूस करेंगे — तो कहीं न कहीं आपको अपनी ही ज़िंदगी की परछाईं नज़र आएगी।

इस उपन्यास की सबसे बड़ी खूबसूरती इसकी सादगी है। यह कहानी कोई शोर नहीं करती, बस धीरे से आपके भीतर समा जाती है — और जब आप अंतिम पन्ना पलटते हैं, तो महसूस होता है कि यह कहानी अब सिर्फ़ एक किताब में नहीं, बल्कि आपके भीतर भी ज़िंदा है।

"काठगोदाम की गर्मियाँ" उन सभी पाठकों को समर्पित है जो रिश्तों को सिर्फ़ नामों से नहीं, भावनाओं से समझते हैं। यह उपन्यास उन प्रेमियों, दोस्तों, और भटके हुए रिश्तों की कहानी है जो कभी मुकम्मल नहीं हुए — पर अधूरे रहकर भी संपूर्ण हैं।

आइए, इस गर्मी में एक बार फिर पहाड़ों की तरफ़ लौटें... और उन अनकहे एहसासों की कहानी पढ़ें, जो कहे जाने के इंतज़ार में थे।

— धीरेंद्र सिंह बिष्ट

भूमिका

कभी-कभी एक कहानी सिर्फ़ कहानी नहीं होती — वो ज़िंदगी के उन पलों की परछाई होती है जिन्हें हम सबने कभी न कभी जिया होता है। "काठगोदाम की गर्मियाँ" ऐसा ही एक उपन्यास है — जहां शहर की तेज़ रफ़्तार और पहाड़ों की धीमी सांसें, एक दूसरे से टकराती भी हैं और मिलती भी हैं।

इस उपन्यास की शुरुआत एक साधारण मुलाक़ात से होती है — दिल्ली से आई एक लड़की, और पहाड़ों का शांत लड़का। लेकिन जैसे-जैसे पन्ने पलटते जाते हैं, ये मुलाकातें रिश्तों में बदलने लगती हैं। इसमें कोई बड़ी नाटकीयता नहीं, पर जीवन की उन छोटी-छोटी सच्चाइयों की झलक ज़रूर है, जो हमें रोज़ भीतर से छूती हैं।

जब मैंने इस कहानी को काग़ज़ पर उतारना शुरू किया, तो ये मेरे अनुभवों और स्मृतियों की कोरी कल्पना मात्र नहीं थी। ये उन लम्हों का मेल था जो कभी बोले नहीं गए, उन एहसासों का जिक्र था जो दिल में रह गए। कई किरदार मेरे जीवन से निकले, कई घटनाएं जाने-पहचाने रास्तों की तरह थीं — बस मैंने उन्हें कहानियों में बदल दिया।

"काठगोदाम की गर्मियाँ" प्रेम, दूरी, समझ और आत्म-स्वीकार की एक यात्रा है। यह किताब सिर्फ़ एक प्रेम कहानी नहीं है — यह एक

भावनात्मक दस्तावेज़ है, जो उन अनकहे रिश्तों को भी जगह देती है जिन्हें हम कभी शब्द नहीं दे पाते।

इस उपन्यास में अगर आपको कहीं खुद की कहानी झलकती है, अगर कोई संवाद आपके भीतर कुछ हिला जाता है, तो समझ लीजिए कि लेखक और पाठक के बीच एक सच्चा रिश्ता बन गया।

मैं इस किताब को उन सभी पाठकों को समर्पित करता हूँ जो सादगी को समझते हैं, मौन को महसूस करते हैं, और अधूरेपन में भी एक संपूर्णता तलाशते हैं।

— धीरेंद्र सिंह बिष्ट

लेखक

आभार

एक कहानी कभी अकेले नहीं लिखी जाती। वह ज़िंदगी के उन सभी पलों से बनती है, जो हमें छूकर निकलते हैं — कुछ ख़ुशबू की तरह, कुछ ज़ख़्म की तरह।

"काठगोदाम की गर्मियाँ" सिर्फ़ कल्पना की उड़ान नहीं, बल्कि उन असली एहसासों की किताब है जो मेरे जीवन की गलियों से होकर गुज़रे। इस सफर में कई चेहरों ने मेरा साथ दिया, कई ख़ामोशियों ने शब्दों में ढलने की प्रेरणा दी।

सबसे पहले, मेरे माता-पिता — जिनकी निःशब्द प्रार्थनाएँ और अटूट आशीर्वाद ने मुझे हर कठिन मोड़ पर मज़बूती दी। उनका विश्वास ही मेरी सबसे बड़ी ताक़त रहा है।

उन अनजाने मुसाफ़िरों का भी शुक्रिया, जो ज़िंदगी की भीड़ में कहीं न कहीं मिले और अपनी मौजूदगी से दिल के किसी कोने में बस गए। आपकी कहानियाँ मेरी कलम में शामिल हो गईं।

मेरे पाठकों, आप सबका धन्यवाद, जो हर पंक्ति में अपना कुछ ढूँढ लेते हैं। अगर इस कहानी ने आपकी किसी अधूरी याद को छुआ, तो समझिए मेरी लेखनी सफल रही।

मातृभाषा हिंदी को भी मेरा प्रणाम, जिसकी मिठास और गहराई के बिना ये उपन्यास कभी जन्म ही नहीं ले पाता।

इस यात्रा में, काठगोदाम की उन गलियों, भीमताल की ख़ामोशियों, और पहाड़ों की उस हवा का भी योगदान है, जो मेरे भीतर ठहर गई और इस किताब के हर दृश्य में बहती रही।

अंत में, मैं खुद का आभार व्यक्त करता हूँ — उस धैर्य और विश्वास के लिए, जिसने मुझे अधूरी कहानियों को पूरा करने की हिम्मत दी।

यह उपन्यास अधूरे रिश्तों का एक मुकम्मल दस्तावेज़ है, और इस दस्तावेज़ के हर शब्द में आप सबका अंश है।

धन्यवाद।

— धीरेंद्र सिंह बिष्ट

प्रस्तावना

कुछ कहानियाँ ज़ोर से नहीं कही जातीं। वे धीरे-धीरे हमारे भीतर उतरती हैं — बिना दस्तक दिए, बिना नाम के। "काठगोदाम की गर्मियाँ" भी एक ऐसी ही कहानी है। यह कोई शोरगुल वाला उपन्यास नहीं, बल्कि उन चुपचाप बहते एहसासों का दस्तावेज़ है, जो अक्सर शब्दों में नहीं कहे जाते — सिर्फ़ महसूस किए जाते हैं।

यह कहानी एक पहाड़ी शहर की धीमी, ठंडी साँसों और एक तेज़, उलझे हुए शहर से आई लड़की के टकराव की है। जब दो अलग-अलग दुनिया के लोग मिलते हैं, तो सिर्फ़ संवाद नहीं होता, बल्कि आत्मा का आदान-प्रदान होता है।

कर्निका — एक आधुनिक सोच वाली, व्यस्त शहर की तेज़-तर्रार लड़की, और **रोहन** — एक शांत, स्थिर, भावुक पहाड़ी लड़का। दोनों अलग हैं, फिर भी कुछ ऐसा है जो उन्हें खींचता है — शायद अधूरेपन की तलाश, या फिर वो एक एहसास जिसे नाम देना मुमकिन नहीं।

"काठगोदाम की गर्मियाँ" सिर्फ़ एक प्रेम-कथा नहीं है, यह उस एकतरफ़ा स्नेह की दस्तक है, जो अक्सर रिश्तों की भीड़ में अनसुनी रह जाती है। यह कहानी है उन लम्हों की, जो न पूरी तरह जीए जा सके, न पूरी तरह भुलाए जा सके।

यह उपन्यास आपको **काठगोदाम** की उन गलियों में ले जाएगा, जहाँ चाय की महक में यादें बसी हैं, जहाँ बारिश सिर्फ़ भीगने के लिए नहीं, कुछ कहने के लिए बरसती है। यहाँ **भीमताल** की ख़ामोशी एक किरदार है, और **मैगी प्वाइंट** एक अहसास।

इस किताब में आपको रिश्तों की परछाइयाँ मिलेंगी — कुछ जो रोशनी में साफ़ दिखती हैं, और कुछ जो सिर्फ़ अंधेरे में महसूस होती हैं।

लेखक ने हर भाव, हर दृश्य, हर चुप्पी को इस तरह उकेरा है कि पाठक खुद को कहीं न कहीं इनमें पा लेता है।

शायद इसीलिए, यह सिर्फ़ एक कहानी नहीं — यह आपका अपना कोई भूला हुआ एहसास बन जाती है।

तो आइए, एक बार फिर उन पहाड़ों की गर्मियों में लौटें — जहाँ कुछ अधूरी बातें अब भी पूरा होने का इंतज़ार कर रही हैं...

— संपादक

काठगोदाम की गर्मियाँ

1. मैग्गी प्वाइंट्स की शाम

शाम के कोई सात बजने वाले थे। जून का महीना था, लेकिन पहाड़ों में गर्मियाँ कुछ और ही होती हैं — न ज्यादा तेज़, न ज्यादा ठंडी — बस हल्की-हल्की हवा जो हर थकावट को चुपचाप चुरा ले जाए।

कनिका ने अपना दुपट्टा कंधे पर ठीक किया और बाइक से उतरते हुए सचिन से कहा,

"यह जगह ना... कुछ अलग है। पहली बार आई हूँ लेकिन अजीब सुकून है।"

सचिन हँसा, "काठगोदाम की हवा में जादू है, धीरे-धीरे असर करती है।"

दोनों मैग्गी प्वाइंट्स पर पहुँचे थे — एक छोटा-सा ढाबा, दो लकड़ी की बेंचें और सामने घाटी का खूबसूरत नज़ारा। कोई फाइव स्टार नहीं, लेकिन फीलिंग उससे बेहतर थी।

कनिका ने इधर-उधर देखा। कोने में एक लड़का बैठा था — साधारण कपड़े, हल्की दाढ़ी, हाथ में चाय का कप, और आँखें जो दूर पहाड़ों को नाप रही थीं।

"भैया दो चाय और एक स्पेशल मैग्गी," सचिन ने ऑर्डर दिया।

कनिका वहीं बेंच पर बैठ गई। उसने सिर पीछे टिका लिया और गहरी सांस ली।

"दिल्ली की हवा इतनी साफ़ क्यों नहीं होती?" वो खुद से बुदबुदाई।

"क्योंकि वहाँ रिश्तों की तरह हवा भी उलझी होती है," पास बैठे लड़के की आवाज़ आई।

कनिका ने चौंक कर देखा।

"माफ कीजिए, क्या कहा आपने?"

"कुछ नहीं।" लड़के ने मुस्कुराते हुए चाय का कप उठाया और फिर सामने देखने लगा।

सचिन बोला, "अरे रोहन भाई! आप यहाँ?"

"हाँ, हर शाम यहीं आ जाता हूँ। घर से भागने का बहाना ढूँढता हूँ," रोहन ने हल्के अंदाज़ में कहा।

"बहन की शादी की तैयारियाँ कैसी चल रही हैं?"

"पूरे घर में सिरफिरेपन जैसा माहौल है। ऊपर से रेनोवेशन, और पापा की तबीयत। दिन में बीस बार फ़ोन बजता है।"

कनिका को अब समझ आया कि यही है वो 'रोहन', जिससे वो सचिन के ज़रिए कुछ दिन पहले मिली थी। कॉल किया था, पर रिसीव नहीं हुआ। और अब बहाने सामने थे।

"तो आप ही हैं जो दिन भर फोन रिसीव नहीं करते?" कनिका ने टेढ़ा सवाल पूछा।

"मैंने कहा न, घर में शादी है, रेनोवेशन है। और वैसे भी, अजनबियों के कॉल बहुत जल्दी रिसीव नहीं करता," रोहन ने नज़र मिलाते हुए जवाब दिया।

"अजनबी?" कनिका ने हल्की मुस्कान दी, "और अगर वही अजनबी शादी में आ जाए तो?"

"तो शायद पहचान बन जाएगी," रोहन ने तुरंत कहा।

बातों में चाय आ गई थी, और मैग्गी की खुशबू भी। लेकिन कनिका को उस पल, खाने से ज़्यादा, उस बातचीत ने भर दिया था। छोटी सी मुलाकात थी, लेकिन कहीं न कहीं ये शुरुआत लग रही थी — किसी और कहानी की।

थोड़ी देर बाद रोहन उठ गया,

"चलता हूँ। अम्मा इंतज़ार कर रही होंगी।"

कनिका ने सिर हिलाया, पर कुछ कहा नहीं। वो बस देखती रही — रोहन जा रहा था, लेकिन उसकी मौजूदगी जैसे उस बेंच पर रह गई थी।

"ये जगह ठीक है... और शायद ये लड़का भी।" कनिका ने मन ही मन सोचा।

***

2. नए शहर, पुराने सवाल

निका की सुबहें अब वैसी नहीं थीं जैसी दिल्ली में हुआ करती थीं। यहाँ अलार्म बजने से पहले ही खिड़की से आती धूप और पक्षियों की आवाज़ें उसे जगा देती थीं। पहाड़ी इलाक़ा था, सड़कों पर भीड़ नहीं, धुआँ नहीं, सिर्फ़ वो ठंडी-सी हवा जो बालों में घुसकर हर उलझन निकाल देना चाहती थी।

कनिका का फ्लैट छोटा था, लेकिन खुली बालकनी वाला — वहीं से दूर पहाड़ दिखते थे।

कप में चाय लिए वो वहीं खड़ी थी, फोन स्क्रॉल कर रही थी।

रौनक के चार मिस्ड कॉल्स थे।

रौनक, उसका पुराना दोस्त — कभी बहुत करीब था, अब बस फोन तक रह गया था। हर कॉल के बाद एक ही सवाल: "अब भी नाराज़ हो क्या?"

उसने फोन एक तरफ रख दिया। मन नहीं था बात करने का। कुछ भी कह देने से जो टूट चुका है, वो जुड़ता नहीं।

ऑफिस पैदल जाने लायक था। पहाड़ी रास्तों पर चलते हुए कनिका को लगता था जैसे वो अपने ही ख्यालों में चढ़ाई कर रही हो।

ऑफिस की बिल्डिंग सामान्य थी, लोग भी वैसे ही। सब विनम्र थे, लेकिन कनिका जानती थी कि ज़्यादातर रिश्ते प्रोफेशनल होते हैं — असली बातचीत बस कॉफी मशीन के पास होती है।

सचिन वहीं मिला।

"मैडम आज बड़े सजे-धजे लग रहे हो," उसने चाय का कप बढ़ाते हुए कहा।

"काठगोदाम में और क्या करूँ, यही तो रंग है यहाँ का," कनिका ने मुस्कुराते हुए जवाब दिया।

"कल रोहन से मुलाकात कैसी रही?" सचिन ने जैसे इशारा कर दिया हो।

"वो... अलग किस्म का है। थोड़ा सीरियस, थोड़ा मज़ाकिया। और थोड़ा उलझा हुआ।"

"अभी क्या ही देखा है तुमने। उसकी बहन की शादी है, घर के सौ झंझट। लेकिन दिल का साफ़ है बंदा।"

कनिका ने सिर हिलाया। हाँ, शायद ऐसा ही कुछ।

शाम फिर से मैग्गी प्वाइंट्स वाली थी। लेकिन इस बार वो अकेली गई। सचिन को कोई फाइल निपटानी थी।

स्टॉल पर वही बूढ़ा भैया बूढ़ा थे।

"आज अकेली?" उन्होंने पूछा।

"हाँ, अकेलेपन से दोस्ती कर ली है," कनिका ने हँसकर कहा।

वो बैठी ही थी कि रोहन आता दिखा — बैग लटकाए, शायद कहीं से काम निपटाकर सीधे आया था।

"लगता है ये जगह हमारी कॉमन हो गई है," उसने कहा।

"या शायद हम दोनों को अकेलापन पसंद है," कनिका ने जवाब दिया।

दोनों चुप हो गए।

कुछ देर बाद रोहन बोला, "घर में बहन की शादी की तैयारी है, लेकिन उतना आसान नहीं है जितना दिखता है। खर्च, काम, पापा की सेहत — कभी-कभी लगता है सब कुछ संभालना मेरी ज़िम्मेदारी है।"

कनिका ने पहली बार उसकी आँखों में देखा — वहाँ थकावट थी, लेकिन शिकायत नहीं। बस चाह थी कि कोई उसे सुने।

"तुम चाहो तो कभी मदद ले सकते हो," कनिका ने कहा।

"अभी तो नहीं, लेकिन अगर शादी में आओगी, तो बड़ी मदद हो जाएगी," उसने हल्के से मुस्कराकर कहा।

कनिका ने कुछ नहीं कहा — बस चाय का कप उठाया।

कुछ रिश्ते नाम से नहीं, वक़्त और खामोशी से बनते हैं। शायद ये भी वैसा ही कुछ था।

***

3. रिश्तों की परछाइयाँ

ठगोदाम की सुबहें जितनी शांत थीं, रोहन का घर उतना ही शोरगुल से भरा हुआ था। माँ रसोई में हल्दी की तैयारियों में लगी थीं, छोटी बहन पूजा बार-बार व्हाट्सएप पर किसी डेकोरेटर से बहस कर रही थी, और पापा कमरे में लेटे हुए थे — अब ज़्यादातर वक़्त चुपचाप लेटे रहते थे।

रोहन हॉल में खड़ा सब देख रहा था — सब कुछ चल रहा था, लेकिन हर तरफ उसे अपनी ही ज़रूरत महसूस हो रही थी।

"भाई, हल्दी में कौन-कौन आएगा, लिस्ट चेक कर लो," पूजा चिल्लाई।

"अभी देखता हूँ," रोहन ने जवाब दिया और फोन उठाया।

फोन में कनिका का नंबर सबसे ऊपर था। एक पल को सोचा — कॉल करे या नहीं। फिर कुछ नहीं किया। बस फोन रख दिया।

दूसरी तरफ, कनिका अपने ऑफिस में बैठी कुछ ईमेल्स देख रही थी, लेकिन उसका ध्यान कहीं और था।

काठगोदाम धीरे-धीरे उसकी ज़िंदगी का हिस्सा बनने लगा था। वो रोहन को जितना जानती जा रही थी, उतना ही उलझती जा रही थी। कभी वो उसके सामने खुलकर बोलता था, कभी एकदम अजनबी जैसा हो जाता।

सचिन अंदर आया, "चलो आज एक प्रोजेक्ट साइट पर जाना है, कुछ काम देखना है।"

"अभी चलें?" कनिका ने पूछा।

"हाँ, रोहन के घर के पास है। रास्ते में मिल भी सकते हैं शायद," उसने मज़ाक में कहा।

कनिका कुछ नहीं बोली, बस उठकर बैग ले लिया।

प्रोजेक्ट साइट पर काम ज़्यादा नहीं था। लौटते वक़्त सचिन ने गाड़ी रोकी — "उधर मंदिर के पास शादी की दुकानें लगी हैं। चलो थोड़ा घूम लेते हैं?"

कनिका ने देखा, और हाँ कह दिया।

मंदिर के सामने रंग-बिरंगे दुपट्टे, हल्दी की चूड़ियाँ और गोटे लगे कपड़े टंगे हुए थे। हर तरफ शादी का माहौल था।

तभी दूर से रोहन आता दिखा — बाइक पर, हाथ में कुछ डेकोरेशन का सामान।

कनिका ने हँसते हुए कहा, "बड़े बिज़ी हो आजकल?"

"बिलकुल। शादी कोई आसान प्रोजेक्ट नहीं होता," रोहन ने मुस्कराकर जवाब दिया।

"और दुल्हन कैसी है? तैयार?" कनिका ने पूछा।

"वो तो कबसे तैयार है। बस भाई थक गया है।" रोहन की आवाज़ में थकावट झलक रही थी।

कनिका ने गंभीर होकर कहा, "अगर थक जाओ, तो किसी से कहना सीखो। सब अकेले नहीं कर सकते।"

रोहन ने एक पल उसकी आँखों में देखा। शायद कुछ कहने ही वाला था, लेकिन पीछे से पूजा की कॉल आ गई।

"भैया जल्दी आओ, हल्दी वाले लोग आ गए हैं।"

"चलो, फिर मिलते हैं," रोहन ने कहा और चला गया।

शाम को कनिका ने बालकनी में बैठकर फोन उठाया।

रौनक का मैसेज था — "सुनो, मैं अगले हफ़्ते आ रहा हूँ। मिलोगी?"

कनिका कुछ देर तक स्क्रीन देखती रही। फिर स्क्रीन लॉक कर दी।

उसके अंदर कुछ बदल रहा था — पुराने रिश्ते, नए सवाल और एक अनकही सी उम्मीद।

शायद उसे तय करना था कि किस रास्ते जाना है।

***

4. पहली बार वो घर आई

शादी से तीन दिन पहले घर का माहौल जैसे पूरी तरह बदल चुका था। दीवारों पर हल्दी के छींटे, आँगन में रंगोली, और हर कमरे से आती ढोलक की थाप — रोहन का घर अब सिर्फ घर नहीं था, एक चलता-फिरता त्योहार बन चुका था।

रोहन सीढ़ियों पर बैठा था, माथे पर पसीना, हाथ में लिस्ट और नज़रों में बेचैनी।

"भैया, हल्दी की ट्रे कहाँ रखी है?" पूजा चिल्ला रही थी।

"अम्मा ने कमरे में रखवाई थी," रोहन ने जवाब दिया, फिर खुद उठकर देखने चला गया।

तभी बाहर से आवाज़ आई —

"भैया कोई लड़की आपसे मिलने आई है... नाम कनिका है।"

रोहन रुक गया। कुछ पल तक खड़ा रहा, फिर सीढ़ियाँ उतरता हुआ बाहर आया।

कनिका दरवाज़े पर खड़ी थी — सिंपल सूट, खुले बाल और हाथ में एक छोटा सा गिफ्ट पैक।

"माफ़ करना बिना बताए आ गई," उसने हल्की मुस्कान के साथ कहा।

"घर है, दफ्तर नहीं... बिना बताए भी आ सकती हो," रोहन ने कहा।

कनिका ने घर को देखा — हलचल, रंग, शोर और एक अजीब गर्मजोशी।

"काफ़ी काम है, मदद कर सकती हूँ क्या?"

"अगर तुम रह गईं तो आधा काम वैसे ही आसान लगने लगेगा," रोहन ने कहा और दोनों अंदर चले गए।

अंदर आँगन में रोहन की माँ बैठी थीं, पीले रंग की साड़ी में, हल्दी के काम को संभालती हुईं।

"मम्मी, ये कनिका है... मेरी दोस्त। दिल्ली से आई है कुछ वक़्त के लिए।"

कनिका ने नमस्ते की।

माँ ने कनिका को ऊपर से नीचे देखा, फिर मुस्कुरा दीं।

“दिल्ली वालों में भी सलीका बचा हुआ है, ये देखकर अच्छा लगा।”

कनिका थोड़ी असहज हो गई लेकिन मुस्कुराकर बैठ गई।

मम्मी ने पास बुलाया, “बैठो बिटिया, हल्दी की ट्रे सजानी है, हाथ अच्छे हैं क्या?”

“ट्राई कर सकते हैं,” कनिका ने हँसते हुए कहा।

थोड़ी देर में कनिका आँगन में बैठकर फूलों की पंखुड़ियाँ अलग कर रही थी। पूजा आई और पास बैठ गई।

“आप भैया की दोस्त हैं?”

“हाँ, नयी दोस्त समझो,” कनिका ने जवाब दिया।

"अच्छा है... भैया थोड़ा कम बोलते हैं लेकिन सबका बहुत ध्यान रखते हैं। आप कबसे जानती हैं उन्हें?"

कनिका रुक गई। सवाल आसान था, जवाब नहीं।

"कुछ वक़्त हुआ है... लेकिन ऐसा लगता है जैसे बहुत दिन से जानती हूँ," उसने धीरे से कहा।

शाम को जब सारी तैयारियाँ खत्म हो गईं, और घर का माहौल थोड़ा शांत हुआ, रोहन और कनिका छत पर आ गए।

सामने पहाड़ों पर सूरज ढल रहा था, और नीचे घाटी में हल्की-हल्की लाइट्स जलने लगी थीं।

"तुम्हारा आना अच्छा लगा," रोहन ने कहा।

"मुझे भी... लगता है मैं पहली बार किसी के लिए काम की बनी हूँ," कनिका ने जवाब दिया।

"तुम सिर्फ काम की नहीं हो, सुकून की हो," रोहन ने पहली बार बिना रुके कहा।

दोनों चुप हो गए। जैसे कुछ कहना बाकी था, लेकिन उस पल के लिए चुप रहना ज़्यादा सही लगा।

तभी कनिका का फोन बजा।

रौनक का नाम चमक रहा था।

कनिका ने देखा... फिर फोन साइलेंट कर दिया।

कुछ जवाब वक्त से पहले नहीं देने चाहिए।

***

5. हल्दी, संगीत और एक पुराना नाम

सुबह का सूरज आँगन पर ठीक वैसे ही चमक रहा था जैसे कनिका के चेहरे पर हल्की-सी बेचैनी। घर में हल्दी की रस्म का शोर था। दीवारों पर पीला रंग, कोने में ढोलक की थाप, और महिलाएं लोकगीतों में खोई हुईं। कनिका हल्दी की ट्रे हाथ में लिए आँगन में खड़ी थी। पूजा ने उसका हाथ पकड़ा और अंदर खींच लाई,

"अब आप मेहमान नहीं रहीं, भाभी जैसी लग रही हो... अब तो हल्दी लगवानी पड़ेगी!"

कनिका ने हँसते हुए मना किया, लेकिन जब रोहन ने सामने से देखा, तो कुछ नहीं कहा — बस मुस्कुरा दिया।

हल्दी के बाद संगीत शुरू हुआ। छोटे से गार्डन में सजे लाइट्स के बीच DJ सेटअप लगा था। नाचते हुए रिश्तेदार, खिलखिलाती बहनें, और कोने में खड़े वो दोनों — कनिका और रोहन।

“नाचोगी नहीं?” रोहन ने पूछा।

“मुझे आता नहीं,” कनिका ने जवाब दिया।

“सिखा दूँ क्या?”

“या फिर तुम ही नाच लो, मैं देख लूँगी,” कनिका ने मुस्कराकर कहा।

दोनों हँस दिए। लेकिन इस हँसी के बीच एक नज़र ऐसी भी थी जिसमें कहने से ज़्यादा छुपा हुआ था।

संगीत की गर्माहट बढ़ ही रही थी कि घर के बाहर एक कार रुकी। दरवाज़ा खुला — नीली जीन्स, सफेद शर्ट, और हाथ में फोन लिए कोई उतरा।

रौनक।

कनिका की मुस्कान थम गई। रोहन ने भी उसकी आँखों की दिशा में देखा।

रौनक की नजर सीधी कनिका पर पड़ी — वो आगे बढ़ा।

"हाय, अचानक आने का मन हुआ," उसने कहा, जैसे कुछ भी बदला नहीं था।

"तुमने कहा था... पर यक़ीन नहीं था," कनिका ने हल्की आवाज़ में कहा।

रोहन अब तक कुछ दूर खड़ा था, लेकिन हर चीज़ देख रहा था।

"अंदर चलें?" रौनक ने पूछा।

कनिका ने सिर हिलाया, और एक बार पीछे मुड़कर देखा — रोहन अब उनकी ओर नहीं देख रहा था, लेकिन उसके चेहरे पर सब लिखा था।

रात को कनिका बालकनी में बैठी थी, वही उसकी पुरानी जगह।

रौनक पास कुर्सी खींचकर बैठ गया।

"कैसी हो?"

"ठीक," कनिका ने छोटा-सा जवाब दिया।

"अब भी नाराज़ हो?"

"नाराज़ी नहीं रही... बस भरोसा नहीं रहा," कनिका ने सीधा कहा।

रौनक चुप हो गया। उसके पास कोई सफाई नहीं थी।

"तुम्हें लगा मैं यहाँ अकेली रह रही हूँ?" कनिका ने पूछा।

"शायद।"

"नहीं हूँ," उसने धीरे से कहा।

नीचे से रोहन की आवाज़ आई — पूजा उसे बुला रही थी।

कनिका बालकनी से नीचे झाँकी, रोहन ने नज़रें ऊपर उठाईं — दोनों की आँखें मिलीं।

इस बार कनिका ने नज़रें नहीं चुराईं। लेकिन उसने मुस्कराने की कोशिश भी नहीं की।

कभी-कभी, किसी के सामने चुप रहना — बहुत कुछ कह जाना होता है।

***

6.चुपियाँ, सवाल और कुछ अधूरी बातें

शादी में अब सिर्फ दो दिन बचे थे। घर में रौनक की मौजूदगी सबके लिए एक आम बात बन गई थी, लेकिन रोहन के लिए नहीं। वो अब कनिका से ज़्यादा बात नहीं करता था। मिलने पर बस हल्की सी मुस्कान, एक सिर हिला देना और फिर कोई काम में लग जाना।

कनिका ने नोट किया, लेकिन कुछ कहा नहीं। वो समझ रही थी — वो भी कुछ कहना नहीं चाहती थी।

रौनक अब पहले से ज़्यादा शांत था। जब भी अकेले में कनिका से बात करने की कोशिश करता, कनिका या तो बात बदल देती या कोई बहाना बना लेती।

"तुम्हें यहाँ देखकर अच्छा लगा," रौनक ने एक दोपहर कहा, जब दोनों छत पर खड़े थे।

"लेकिन मैं अब वैसी नहीं रही जैसी पहले थी," कनिका ने सीधे कहा।

"मैं जानता हूँ... लेकिन मैं अब भी वही हूँ, जिसने तुमसे माफ़ी कभी ठीक से नहीं मांगी।"

कनिका चुप रही।

फिर धीरे से कहा, "माफ़ी माँगने से कुछ रिश्ते वापस नहीं आते रौनक... कुछ सिर्फ समझ में आते हैं, देर से।"

रौनक ने कुछ नहीं कहा। उसकी आँखों में पहली बार हार साफ़ दिखी।

नीचे आँगन में हल्की बारिश शुरू हो गई थी। बच्चे भीगते हुए दौड़ रहे थे।

रोहन किनारे खड़ा था — बाल गीले, हाथ में छाता, पर खुद भीग रहा था।

कनिका बालकनी से उसे देख रही थी। फिर खुद भी बिना कुछ बोले नीचे आ गई।

"भीग क्यों रहे हो?" उसने पूछा।

"शायद अच्छा लग रहा है... या शायद इसलिए कि अब आदत हो गई है," रोहन ने छाता साइड में रखते हुए कहा।

"मुझसे नाराज़ हो?"

"नहीं। लेकिन जब कोई वापस आता है जिसे तुम भूल चुके हो... तो वो जगह फिर छोटी लगने लगती है।"

"और अगर वो वापस सिर्फ closure के लिए आया हो?" कनिका ने पूछा।

"तो ये जानकर अच्छा लगता है... लेकिन दिल closure से नहीं, clarity से शांत होता है।"

दोनों फिर चुप।

बारिश अब धीमी पड़ने लगी थी।

शाम को, पूजा ने एक स्पेशल डिनर रखा था — सिर्फ घर के करीबी लोग। लाइट्स धीमी थीं, और हर टेबल पर मोमबत्तियाँ थीं।

कनिका और रोहन आमने-सामने बैठे। बीच में रौनक था।

खाना चलता रहा, बातें होती रहीं।

डिनर के बाद सब बाहर गार्डन में निकले।

कनिका ने एक कोने में रोहन को अकेला देखा — वो अपनी माँ से बात कर रहा था।

"अम्मा कह रही थीं, तुम बहुत समझदार लड़की हो," रोहन ने अचानक कहा।

"तुमने क्या कहा?" कनिका ने पूछा।

"मैंने कहा — हो भी और नहीं भी। क्योंकि जो लड़की उलझन में होती है, वो समझदारी से भागती नहीं, उससे लड़ती है।"

कनिका का चेहरा ठहर गया।

"मैं लड़ रही हूँ... और शायद तुम्हारे लिए ही लड़ रही हूँ," उसने पहली बार बिना कोई पर्दा रखे कहा।

रोहन कुछ नहीं बोला। सिर्फ एक गहरी सांस ली।

"कल संगीत है," उसने कहा।

"हाँ," कनिका ने जवाब दिया, "और शायद हमारे बीच की धुन भी वहीं से बदलेगी।"

***

7. संगीत की धुन और दिल की बात

शाम का वक़्त था। गार्डन में रंग-बिरंगी लाइट्स लटक रही थीं। एक कोने में DJ, दूसरे कोने में खाना, और बीच में छोटी सी स्टेज — आज संगीत की रात थी।

पूजा चमकीले लहंगे में किसी फिल्मी सीन जैसी लग रही थी। परिवार, रिश्तेदार, दोस्त — सब अपनी-अपनी मस्ती में खोए हुए थे।

कनिका हॉल के एक कोने में खड़ी थी, नीले रंग के सूट में, बाल खुले, हल्की सी बिंदी — और आँखों में सोच।

रोहन दूर खड़ा उसे देख रहा था। वो जानता था, कनिका खूबसूरत थी — लेकिन आज उसकी ख़ामोशी और भी गहरी लग रही थी।

रौनक, जो अब तक हर मौके पर पास आने की कोशिश कर रहा था, आज थोड़ी दूरी बनाए हुए था।

शायद अब उसे समझ आने लगा था — जो चीज़ें मजबूरी से छूटी थीं, वो वापसी की ज़िद से नहीं जुड़तीं।

DJ ने माइक उठाया,

“अब एक स्पेशल परफॉर्मेंस… भाई और बहन के लिए!”

पूजा और रोहन स्टेज पर आए। पहले थोड़ा हिचकिचाए, फिर जैसे पुरानी यादों से ताल मिल गई।

लोग तालियाँ बजा रहे थे, लेकिन कनिका की आँखें रोहन पर टिकी थीं, गाना खत्म हुआ। स्टेज से उतरते वक्त रोहन की नज़र कनिका से मिली।

उसने इशारे से पूछा — “तुम भी आओगी?”

कनिका ने पहली बार हाँ में सिर हिलाया।

स्टेज पर खड़ी कनिका थोड़ी घबराई हुई थी।

गाना बजा — "रातां लंबियां..."

धीमी-धीमी धुन... और कनिका के कदम धीरे-धीरे ताल में चलने लगे।

रोहन पास आया, दोनों ने नज़रों से एक-दूसरे को थाम लिया।

स्टेप्स कुछ नहीं थे — बस मौन, आंखें और हल्की-सी मुस्कान।

भीड़ में शोर था, लेकिन उनके बीच एक चुप थी... जिसमें सब कुछ साफ़ था।

डांस खत्म हुआ, तालियों की गूंज के बीच कनिका स्टेज से उतरी। रौनक सामने आ गया।

"अच्छा डांस किया तुमने," उसने कहा।

"मैंने तुम्हारे लिए नहीं किया था," कनिका ने सीधा कहा।

रौनक मुस्कुराया — शायद यही जवाब सुनना बाकी था।

"तुमने चुन लिया है?" उसने पूछा।

"मैंने खुद को चुना है," कनिका ने जवाब दिया, "और जहाँ मैं खुद को खोई नहीं महसूस करूँ, वही लोग मेरे हैं।"

रौनक ने सिर हिलाया।

"शायद यही फर्क है... तुम आगे बढ़ गई हो, और मैं वहीं का वहीं हूँ।"

रात के आखिर में, जब सब गेस्ट जा चुके थे, और गार्डन खाली हो चुका था, कनिका अकेले बैठी थी।

रोहन पास आया। "कल शादी है," उसने कहा।

"हाँ," कनिका ने जवाब दिया।

"और उसके बाद?" रोहन ने पूछा।

कनिका ने उसकी तरफ देखा — सीधे आँखों में।

"शायद उसके बाद कुछ कहने का वक़्त आएगा। और अगर तुम कहोगे, तो मैं सुनूँगी। लेकिन अगर मैं कहूँगी, तो तुम रुकना मत…"

रोहन ने मुस्कराकर कहा,

"मैं हमेशा यहीं था। कहीं गया ही नहीं।"

***

8. विदाई के रंग और रास्ते के फैसले

सुबह से ही घर में एक अलग-सी भागदौड़ थी। पूजा की शादी का दिन था। हर कोना फूलों से सजा था, हल्के गुलाबी और पीले रंग की थीम में। दुल्हन के कमरे से हँसी-ठिठोली की आवाज़ें आ रही थीं, और हॉल में रिश्तेदारों का जमावड़ा।

कनिका मंडप की सजावट में हाथ बँटा रही थी — लेकिन उसकी आँखें बार-बार किसी एक चेहरे को ढूँढ़ती थीं।

रोहन सुबह से ही नज़र नहीं आया था।

दोपहर होते-होते दूल्हे की बारात आई — बैंड, घोड़ी, डांस करते मेहमान। घर में शोर, लेकिन कनिका के भीतर धीरे-धीरे एक अजीब-सी शांति उतर रही थी।

वो सबकुछ देख रही थी — रिश्तों की खुशबू, जुड़ाव की गर्मी, और वो सारे पल जो ताउम्र याद रह जाने वाले थे।

फेरे शुरू हुए। पूजा के चेहरे पर सुकून था, और रोहन अब उसके ठीक बगल में बैठा था — चुपचाप, जैसे कोई अपना किसी को दूर भेजते वक्त मुस्कुराने की कोशिश करता है।

कनिका कुछ दूरी पर खड़ी थी, लेकिन उसकी नज़रें बार-बार रोहन पर टिक जातीं।

विदाई का वक्त आया।

पूजा रो रही थी, माँ की आँखें नम थीं, पापा की हथेली काँप रही थी।

रोहन चुप था — लेकिन उसके गले की रेखाएं बता रही थीं कि उसे कुछ निगलना पड़ रहा है।

कनिका पास आई और धीरे से बोली,

"तुम कुछ कहोगे नहीं?"

रोहन ने बिना उसकी तरफ देखे कहा,

"जब सब जा रहे होते हैं, तब कहने की नहीं, समझने की ज़रूरत होती है।"

"और अगर कोई रुक जाए?"

"तो उसे थामने का साहस होना चाहिए," रोहन ने आँखें उठाईं।

दोनों की नज़रें मिलीं — कुछ पल के लिए मंडप की भीड़, रोशनी, सब धुंधले हो गए।

शादी के बाद, देर रात, कनिका अपने कमरे में थी। बैग पैक था।

सुबह दिल्ली के लिए उसकी ट्रेन थी।

फोन की स्क्रीन पर टिकट ओपन था। उसने उसे लॉक कर दिया।

बालकनी में आई। रोहन नीचे गाड़ी में बैठा था, मेहमानों को छोड़ने जा रहा था।

कनिका ने हल्के से आवाज़ दी —

"रोहन!"

वो रुका, ऊपर देखा।

"सुबह की ट्रेन है," कनिका बोली।

रोहन ने बस इतना कहा —

"अगर जाना ज़रूरी है, तो मत रुकना। लेकिन अगर रुकना चाहो... तो इस बार सिर्फ मौसम के लिए मत रुकना।"

रात बहुत कुछ कह गई थी, लेकिन अगली सुबह... फैसला कनिका का था।

***

9. सुबह की ट्रेन और अनकहा जवाब

सुबह के चार बज रहे थे।काठगोदाम स्टेशन पर हल्की भीड़ थी। प्लेटफॉर्म पर चाय वालों की आवाज़ें, पहाड़ों की ठंडी हवा, और एक ट्रेन जो पाँच बजे रवाना होनी थी — दिल्ली जाने वाली।

कनिका अकेले बैठी थी, बैग बगल में रखा हुआ। उसके सामने वो टिकट था, जो कल रात तक उसका रास्ता तय कर चुका था... लेकिन अब वो टिकट सिर्फ एक काग़ज़ लग रहा था।

फोन उठाया। रोहन का नंबर स्क्रीन पर था — लेकिन उसने कॉल नहीं किया।

सचिन का मैसेज आया:

"यकीन नहीं हो रहा तू सच में जा रही है। कभी-कभी वापस लौटना भी ज़रूरी होता है।"

कनिका ने फोन साइलेंट किया।

उसी वक्त, दूसरी तरफ... रोहन की गाड़ी घर के बाहर खड़ी थी।

वो बालकनी की तरफ बार-बार देख रहा था। जहाँ कल रात कनिका खड़ी थी — आज वहाँ सिर्फ खाली रेलिंग थी।

उसने एक लंबी सांस ली। अंदर आया, माँ की चाय का कप हाथ में लिया।

“वो चली गई?” माँ ने पूछा।

“शायद... या शायद उसका जाना ज़रूरी था,” रोहन ने कहा।

माँ कुछ देर चुप रहीं, फिर बोलीं,

“कुछ लोग लौटते नहीं... लेकिन वो जाते नहीं, बस रुके रहते हैं हमारे अंदर।”

रोहन ने कुछ नहीं कहा। बस चाय का कप रख दिया।

स्टेशन पर ट्रेन सीटी दे रही थी।

कनिका दरवाज़े पर खड़ी थी — एक पैर अंदर, एक बाहर।

तभी पीछे से एक आवाज़ आई —

"मैम, आपका बैग... गिर गया था।"

छोटा सा बच्चा बैग लेकर आया।

कनिका ने बैग लिया, शुक्रिया कहा — लेकिन उसके हाथ काँप रहे थे।

उसने कदम पीछे खींच लिए — ट्रेन के अंदर नहीं, प्लेटफॉर्म की ओर।

ट्रेन चल पड़ी... और कनिका वहीं खड़ी रही।

एक फैसला ले चुकी थी। जो अधूरी कहानी वो छोड़कर जा रही थी, वो अब खत्म नहीं — शुरू होनी थी।

उसने फोन उठाया।

कॉल किया — रोहन।

दूसरी तरफ से आवाज़ आई,

"बोलो।"

"अगर मौसम की वजह से नहीं, तो क्या रुकने की कोई और वजह हो सकती है?" कनिका ने पूछा।

रोहन मुस्कुराया।

"हाँ, वजह हो सकती है — और अगर तुम सच में पूछ रही हो, तो मैं दरवाज़ा खोल रहा हूँ।"

***

10.जब बातों ने रास्ता बना लिया

रोहन दरवाज़े के पास खड़ा था। सुबह की हल्की धूप, चाय की ख़ुशबू और दरवाज़े पर कनिका।उसने बैग नीचे रखा, और सीधे कहा —

"अगर तुमने दरवाज़ा ना खोला होता, तो शायद मैं कभी लौटती नहीं।"

"और अगर तुमने फोन ना किया होता, तो शायद मैं फिर से भरोसा करना छोड़ देता," रोहन ने जवाब दिया।

दोनों कुछ पल चुप रहे। फिर रोहन ने एक तरफ हटते हुए कहा,

"अंदर आओ।"

कनिका मुस्कुराई —

"इस बार मेहमान बनकर नहीं, घरवाली बनकर आई हूँ?"

"घर वाली नहीं… घर सी लगती हो," रोहन ने धीमे से कहा।

अंदर वही पुराना कमरा, वही चाय का कप, वही बालकनी। लेकिन सब कुछ अलग लग रहा था।

माँ आईं, और कनिका को गले लगा लिया।

"पता था तू लौटेगी… क्योंकि जो रिश्ता मन से बनता है, वो सिर्फ दूरी से नहीं टूटता।"

कनिका की आँखें भर आईं।

"अब कहीं नहीं जाना," उसने कहा।

शाम को दोनों बालकनी में बैठे थे।

पहाड़ों पर धुंध उतर रही थी। रोहन ने कनिका से पूछा,

"अब आगे क्या?"

कनिका ने उसकी तरफ देखा।

"आगे? कोई प्लान नहीं। सिर्फ इतना पता है कि मैं यहाँ रहना चाहती हूँ। तेरे साथ। चाहे नाम जो भी हो, रिश्ता जो भी हो... लेकिन अधूरा कुछ ना रहे।"

रोहन ने उसका हाथ पकड़ा।

"नाम देने से ज़्यादा ज़रूरी ये है कि हम दोनों एक-दूसरे को समझें। और जो प्यार समझ से भरा हो... वो टिकता है।"

दो कप चाय, दो दिल और एक कहानी जो वापस वहीं आकर पूरी हुई — जहाँ से शुरू हुई थी।

47

***

भीमताल की खामोशी

भीमताल की खामोशी – एक दिल छू लेने वाली कहानी

भीमताल — एक शांत झील, एक शांत कस्बा। लेकिन इसकी खामोशी में एक गहरी पुकार है, जो सीधे दिल से निकलकर दिल तक जाती है।

"भीमताल की खामोशी" कोई शोर-शराबा वाली प्रेम कहानी नहीं है। यह उन रिश्तों की कहानी है जो कहे नहीं जाते, पर भुलाए भी नहीं जाते। दो दोस्त, एक झील का किनारा, और एक लड़की जिसकी मौजूदगी ने दोस्ती और भावनाओं के बीच की लकीर को धुंधला कर दिया।

नमन — गहरे सोचने वाला, शांत लड़का, जिसे रिश्तों में गहराई पसंद है।

अंकित — मस्तमौला, तेज, हर बात को हंसी में बदल देने वाला दोस्त।

और फिर आती है कर्निका — जो इन दोनों की दुनिया में कुछ ऐसा बदल देती है जो नमन और अंकित, दोनों के लिए आसान नहीं रहता।

यह कहानी बताती है कि कुछ रिश्तों को शब्दों की ज़रूरत नहीं होती — सिर्फ मौन ही काफी होता है।

यह कहानी है प्यार, दोस्ती और उस चुप्पी की — जिसमें सैकड़ों जवाब छुपे होते हैं।

अगर आपने कभी किसी को सिर्फ आंखों से महसूस किया है,

अगर कभी आपने भी झील के किनारे बैठकर दिल की आवाज़ सुनी है,

तो "भीमताल की खामोशी" आपके लिए है।

पढ़िए, महसूस कीजिए, और शायद खुद को कहीं इन पन्नों में पा लीजिए।

— धीरेन्द्र सिंह बिष्ट

1. दो दोस्त और एक झील

भी मताल की सुबहें कुछ खास होती हैं।झील की सतह इतनी शांत होती है कि उसमें पूरा आसमान साफ़ दिखता है। दूर से आती परिंदों की आवाज़, और हकनिकाली के बीच एक धीमी-सी ठंडक — जैसे ये जगह सबको थोड़ा धीमा कर देती हो।

इन्हीं सुबहों का एक हिस्सा थे — नमन और अंकित। बचपन से साथ, जैसे झील और उसका किनारा।

नमन — थोड़ा शांत, सोच में डूबा रहने वाला, जिसे बारिश की बूंदों और अधूरी कहानियों से प्यार था।

अंकित — बिल्कुल उलटा, हँसमुख, तेज़, हर सवाल का जवाब और हर चुप्पी का मज़ाक बना देने वाला।

दोनों की दोस्ती ऐसी थी जिसे परिभाषा की ज़रूरत नहीं थी।

कभी बहस, कभी मौन, कभी देर रात झील के पास बैठकर सपनों की बातें — और फिर वही सुबह, वही साथ।

"अबे सोचता क्या रहता है इतना?"

अंकित ने चाय का कप नमन के हाथ में थमाते हुए पूछा।

नमन ने झील की तरफ देखते हुए कहा,

"बस सोच रहा हूँ कि क्या ये सब ऐसे ही रहेगा... हम ऐसे ही रहेंगे?"

"तू ना बहुत फिल्मी हो गया है। हम रहें या ना रहें, ये झील तो यहीं रहेगी। और भाई, जब तक मैं हूँ, तू अकेला नहीं पड़ेगा।"

नमन मुस्कराया।

"फिर भी... अगर कभी हम दूर हो जाएँ?"

"तो झील सूख जाएगी," अंकित ने मज़ाक में कहा, "और तुझे ढूंढते-ढूंढते मैं पागल हो जाऊँगा।"

दोनों हँस पड़े। लेकिन नमन की आँखों में कुछ था — कोई सपना, या कोई डर — जो सिर्फ उसे दिखता था।

उन दिनों भीमताल में ज़्यादा बदलाव नहीं था। वही पुराना बाज़ार, वही ठेले वाले, वही साइकल से आते जाते स्कूल के बच्चे।

लेकिन कॉलेज के पहले दिन — कुछ बदला। नई क्लास में एक लड़की आई — कनिका।

साफ-सुथरा पहनावा, आँखों में आत्मविश्वास, लेकिन चाल में थोड़ी उलझन — शायद ये जगह उसके लिए नई थी।

नमन ने एक बार देखा, फिर वापस किताब में डूब गया।

अंकित ने धीरे से कहा,

"ये लड़की तुझ जैसी है। चुपचाप, लेकिन खतरनाक। तू देख लेना, तेरी शांति ये लड़की ले जाएगी।"

नमन हँस पड़ा,

"तू भी ना... हर लड़की को 'फिल्म' बना देता है।"

"और तू हर फिल्म में साइड रोल बन जाता है," अंकित ने ताना मारा।

उस दिन कॉलेज से निकलते वक़्त, कनिका पहली बार अकेली दिखी।

अंकित तो आगे निकल गया था, लेकिन नमन वहीं रुका।

"तुम्हें रास्ता पता है?" उसने पूछा।

कनिका ने सिर हिलाया,

"नहीं, लेकिन मुझे रास्ता पूछना आता है।"

"भीमताल में रास्ते कम हैं, लेकिन लोग बहुत सीधे हैं," नमन ने कहा।

कनिका ने मुस्कुरा कर कहा,

"और कुछ लोग थोड़े उलझे हुए भी।"

उसके इस जवाब पर नमन को पहली बार लगा — शायद ये लड़की कुछ समझ सकती है।

उस दिन के बाद, कुछ बदलने लगा।

कनिका, नमन और अंकित — तीनों अक्सर साथ दिखने लगे।

हँसी, तकरार, नोट्स, क्लास बंक — सब मिलकर एक नया रिश्ता बुनने लगे।

लेकिन नमन और अंकित के बीच कुछ अब भी पहले जैसा ही था —

एक ने शायद दिल में कुछ रखा था,

दूसरे ने अब किसी को दिल में रख लिया था।

***

2. कुछ पास आने की शुरुआत

कनिका अब नमन और अंकित की ज़िंदगी का हिस्सा बन चुकी थी। कॉलेज की क्लास से लेकर झील किनारे की बैठकों तक — हर जगह कनिका की मौजूदगी जैसे कोई नया रंग ले आती थी। नमन ने खुद को पहले कभी इतना खुला नहीं देखा था। उसकी बातें, जो पहले डायरी के पन्नों तक सीमित थीं, अब कनिका के सामने निकलने लगी थीं।

एक दिन, लाइब्रेरी में दोनों साथ बैठे थे।

कनिका ने नमन की नोटबुक उठाई।

उसमें एक अधूरी कविता लिखी थी।

"कुछ बातें कहने से नहीं, समझने से पूरी होती हैं..."

कनिका ने पूछा,

"ये किसके लिए लिखा था?"

नमन ने जवाब नहीं दिया, बस मुस्कुरा दिया। कनिका ने कहा,

"शायद किसी के लिए नहीं... शायद खुद के लिए लिखा है तुमने।"

नमन चुप रहा। लेकिन उस चुप्पी में एक इकरार छिपा था, जिसे कनिका महसूस कर रही थी।

दूसरी तरफ, अंकित अब भी वैसा ही था — हँसी-मजाक, मस्ती, लेकिन जब वो दोनों साथ होते, तो उसकी आँखों में कुछ रुक जाता।

एक दिन, तीनों झील के किनारे बैठे थे।

कनिका ने एक छोटा पत्थर उठाया और झील में फेंका।

"जब कोई चीज़ फेंकते हैं, तो लहरें बनती हैं... लेकिन लहरें कभी नहीं पूछती कि किसने फेंका, क्यों फेंका," कनिका ने कहा।

नमन ने सिर झुकाया।

अंकित ने तुरंत मजाक उड़ाया —

"इतनी गहराई में जाने की क्या ज़रूरत है? झील में बस पत्थर फेंको और देखो कौन सबसे दूर तक जाता है।"

लेकिन उस दिन, कनिका की नज़र नमन से हट नहीं रही थी।

शाम को अंकित और नमन साथ चल रहे थे।

अंकित ने पूछा,

"तू उसे पसंद करने लगा है ना?"

नमन रुका।

"शायद... हाँ।"

अंकित ने हल्की मुस्कान के साथ कहा,

"मुझे पता था।"

"और तुझे कैसा लग रहा है?" नमन ने पूछा।

"ऐसा लग रहा है जैसे मेरी दो सबसे पसंदीदा चीज़ें एक-दूसरे की हो रही हैं... और मैं बस देख रहा हूँ।"

नमन कुछ नहीं बोला। सिर्फ कंधे पर हाथ रखा।

उसी रात नमन ने कनिका को मैसेज किया —

"तुम्हारे साथ बातें करना आसान लगता है। शायद इसलिए कि तुम सुन लेती हो वो भी जो मैं नहीं कह पाता।"

कनिका का जवाब आया —

"और शायद मैं इसलिए सुन पाती हूँ... क्योंकि मैं वही महसूस कर रही हूँ।"

कुछ रिश्ते धीरे-धीरे बनते हैं।

लेकिन जब बनते हैं, तो साइलेंस भी एक बातचीत बन जाती है।

***

3.जब दिल भारी और दोस्ती हल्की पड़ने लगे

झील अब नमन और कनिका की मिलन-स्थल सी बन गई थी।कॉलेज खत्म होते ही, दोनों एक ही जगह पहुँच जाते — वहीं पुरानी सी बेंच, वही पानी की आवाज़, और हर दिन एक नई बात।

एक दिन कनिका ने नमन से पूछा, "तुम इतने कम बोलते क्यों हो?"

नमन ने जवाब दिया, "क्योंकि जब कोई बहुत सोचता है, तो बोलने से ज़्यादा सुनने में यकीन करता है।"

कनिका ने सिर हिलाया,

"और तुम्हें मुझे सुनना पसंद है?"

नमन की आँखों में जो चमक थी, वो किसी भी जवाब से ज़्यादा थी। दूसरी तरफ अंकित — जो कभी इस ग्रुप का सबसे ज़्यादा बोलने वाला था — अब ज़्यादातर खामोश रहने लगा था।

वो पहले हँसी में सब छिपा लेता था, लेकिन अब उसका मज़ाक भी फीका पड़ने लगा था।

एक शाम, तीनों साथ थे।

कनिका ने कुछ कहा, और नमन ने उसकी बात पर हल्की-सी मुस्कान दी।

अंकित देख रहा था — वो मुस्कान कभी उसकी जोक पर आया करती थी।

अब वो बस चुप रहा।

उस रात, अंकित और नमन झील किनारे बैठे थे — जैसे हमेशा बैठते थे।

लेकिन इस बार चाय ठंडी हो गई थी। "तू बदल गया है," अंकित ने कहा।

"मैं नहीं बदला, हालात बदल गए," नमन ने जवाब दिया।

"या शायद, तू कनिका के पास जाकर खुद को भी भूल गया है।"

नमन कुछ देर चुप रहा, फिर बोला —"मुझे माफ़ कर, अगर तुझे पीछे छूटने का एहसास हो रहा है... लेकिन ये सब मैं प्लान नहीं कर रहा था। बस हो रहा है।"

"और मुझे लगता है मैं बस होता देख रहा हूँ," अंकित बोला, "तेरी हर बात में अब वो होती है, और मेरी हर बात में तेरी कमी।"

नमन ने उसकी आँखों में देखा — पहली बार, वहाँ मज़ाक नहीं, सच्ची तकलीफ़ थी।

अगले दिन, अंकित कॉलेज नहीं आया।

ना झील, ना ग्रुप चैट, ना मेसेज।

कनिका ने पूछा, "क्या हुआ उसे?"

नमन ने बस कहा,

"शायद उसे वक्त चाहिए।"

कनिका कुछ समझ रही थी — शायद सब कुछ।

रात को नमन ने अंकित को कॉल किया।

अंकित ने उठाया, लेकिन कुछ कहा नहीं।

नमन बोला, "मैं दोस्ती नहीं खोना चाहता, यार।"

अंकित की आवाज़ धीमी थी,

"लेकिन प्यार की आड़ में जब दोस्ती साइड में हो जाती है ना, तो खुद को खोना शुरू हो जाता है... और फिर समझ नहीं आता किसे वापस लाना है — दोस्त को या खुद को।"

कॉल कट हो गया।

कुछ रिश्ते वहीं टूटने लगते हैं जहाँ वे सबसे गहरे होते हैं।

***

4.जब बात दिल से निकले और बीच में कोई ना हो

दो हफ्ते हो चुके थे। अंकित अब नमन और कनिका से पूरी तरह दूर हो गया था। कॉलेज आता तो था, लेकिन सीधे क्लास में जाता और चुपचाप निकल जाता। झील के किनारे अब बस दो लोग बैठते थे — वो तीन नहीं। नमन के अंदर बेचैनी थी। कनिका समझ रही थी, लेकिन कुछ कह नहीं रही थी।

एक शाम, कनिका ने झील पर बैठे-बैठे पूछा, "क्या तुम मुझसे कुछ छुपा रहे हो?"

नमन ने सिर झुका लिया,

"शायद हाँ... और शायद इसलिए कि मैं नहीं चाहता कि तुम मुझसे दूर हो जाओ।"

"मैं कोई फैसला लेने नहीं बैठी हूँ," कनिका बोली, "लेकिन अगर तुम्हारा दोस्त दूर हो गया है, और उसका कारण मैं हूँ, तो मुझे जानने का हक है।"

नमन ने पहली बार वो कहा जिसे वो सबसे ज़्यादा दबा रहा था

"अंकित भी तुमसे प्यार करता था।" कनिका की साँस अटक गई।

"पर उसने कभी कहा नहीं... वो हमेशा मेरे पीछे खड़ा रहा, जैसे परछाई।"

कनिका चुप रही।

"अब जब हम साथ हैं, वो अलग हो गया है... और मैं नहीं जानता कि दोस्ती और प्यार में किसे बचाना चाहिए।"

कनिका की आवाज़ धीमी थी,

"शायद दोस्ती को नहीं बचाना चाहिए... उसे वापस कमाना चाहिए।" अगले दिन नमन अंकित के घर गया।

बिना मेसेज किए, बिना कॉल किए।

अंकित दरवाज़े पर आया,

"सोचा अब तू मेरी झील पर कब्ज़ा कर चुका है, तो घर भी ले ले?"

नमन हल्का हँसा।

"कभी सोचा नहीं था कि जिस दोस्त से अपनी ज़िंदगी के सपने शेयर करता था, उससे अब मिलने के लिए हिम्मत जुटानी पड़ेगी।"

"और मैंने कभी सोचा नहीं था कि तुम दोनों के बीच मैं तीसरा बन जाऊँगा।"

कुछ देर खामोशी रही। फिर नमन ने कहा,

"मुझे तुझसे ईमानदारी चाहिए थी... तूने कहा भी नहीं, छुपाया भी... और अब तू चुप भी है।"

"क्योंकि तुझसे शिकायत करने का हक ही खो दिया है अब," अंकित ने आंखें नीचे कर लीं।

नमन पास आया,

"हक कभी नहीं खोते यार... बस भरोसा टूटता है। और भरोसा तभी बनता है जब हम एक-दूसरे की सच्चाई को अपनाते हैं, चाहे वो कितनी भी तकलीफदेह हो।"

अंकित की आँखें भर आईं, "मैं बस पीछे रह गया न?"

नमन ने उसका कंधा पकड़ा,

"तू कहीं नहीं गया... हम तुझसे आगे नहीं निकले, तू ही हमें पीछे छोड़ आया।"

उसी शाम, तीनों झील के किनारे बैठे थे — पहली बार फिर से।

बहुत कुछ नहीं कहा गया, लेकिन हर कोई समझ गया कि सच को कहने से पहले, सहना ज़रूरी होता है।

अंकित ने कनिका की तरफ देखा, मुस्कुराया और कहा,

"अब मैं मज़ाक नहीं करूँगा... लेकिन ये भी नहीं कहूँगा कि तुम गलत हो। तुम सही हो... बस मेरा वक़्त गलत था।"

कनिका ने हल्के से जवाब दिया,

“शायद हम तीनों के हिस्से में थोड़ी सी खामोशी लिखी गई थी... और अब हम उसे पढ़ना सीख रहे हैं।”

***

5.जब रिश्ता गहरा हो, पर रास्ता धुंधला लगे

शहर धीरे-धीरे सर्दियों में ढल रहा था। भीमताल की सुबहें और भी शांत हो गई थीं। झील पर धुंध की चादर बिछ जाती थी, जैसे वक्त खुद को छुपाने की कोशिश कर रहा हो।

नमन और कनिका अब अक्सर साथ दिखते थे — कैंपस में, झील पर, लाइब्रेरी में। उनके बीच सब ठीक था, लेकिन 'ठीक' के अंदर बहुत कुछ था जो नमन के भीतर खामोशी से घूमता रहता।

एक शाम कनिका ने पूछा,"तुम जब मेरे साथ होते हो, तो कभी-कभी जैसे कहीं और खो जाते हो। क्यों?"

नमन ने जवाब दिया, "क्योंकि अब मैं रिश्ते को महसूस करने लगा हूँ... और जब कोई रिश्ता गहरा हो जाता है, तो डर भी गहरा हो जाता है — खो देने का।" कनिका चुप रही। फिर बोली,

"तो तुम मुझे खोने से डरते हो?" "बहुत," नमन ने सीधा कहा।

दूसरी तरफ, अंकित अब बदलने लगा था।

वो अब अकेले वक्त बिताने लगा था — फोटोग्राफी में रुचि ली, शहर से बाहर जाने लगा, और सबसे ज़्यादा खुद से बात करने लगा।

एक बार, कैंपस में उसकी एक फोटो एग्ज़िबिशन लगी।

नमन और कनिका भी आए।

तस्वीरों में पहाड़, झील, पुरानी किताबें, और एक फोटो — तीन कुर्सियों की, जिनमें दो पर लोग बैठे थे और एक खाली थी।

कनिका ने पूछा, "ये फोटो क्या कह रही है?"

अंकित ने हँसते हुए कहा, "कि खाली जगहें भी कभी पूरी हुआ करती थीं।" नमन और अंकित की नज़रें मिलीं — अब वहाँ कोई टकराव नहीं था, सिर्फ समझ। कनिका और नमन अब साथ थे, लेकिन उनके बीच छोटी-छोटी बातें अब भारी लगने लगी थीं।

कभी किसी किताब को लेकर बहस, कभी किसी मेसेज का जवाब देर से आना, कभी किसी बात पर कनिका का अचानक खामोश हो जाना।

नमन सोचने लगा था —"क्या रिश्ते इतने सहेजने लायक होते हैं, या बस उस वक़्त तक ठीक रहते हैं जब तक उनसे उम्मीदें नहीं जुड़ती?"

कनिका ने एक दिन पूछा, "क्या तुम खुश हो?"

नमन ने रुककर कहा, "शायद हाँ... लेकिन आसान नहीं है ये सब।" कनिका ने सिर झुका लिया। "कभी-कभी लगता है हम दोनों एक ही पन्ने पर हैं, लेकिन एक-दूसरे की भाषा नहीं पढ़ पा रहे।" कभी-कभी प्यार वहीं अटक जाता है जहाँ उम्मीदें बोलने लगती हैं और दिल चुप हो जाता है।

***

6.जब प्यार और सपना एक-दूसरे के खिलाफ खड़े हो जाएँ

सर्दियाँ अपने आखिरी पड़ाव पर थीं। भीमताल में धूप अब थोड़ी तेज़ लगने लगी थी, लेकिन नमन के अंदर एक बेचैनी बढ़ रही थी। कनिका ने दो दिन से ठीक से बात नहीं की थी।

नमन ने मेसेज किया —"क्या हुआ?"

जवाब आया — "बात करनी है... ज़रूरी है।"शाम को दोनों झील किनारे मिले। वही बेंच, वही झील, लेकिन अब मौसम वैसा नहीं था — ना बाहर का, ना उनके बीच का।

कनिका ने सीधे कहा, "मुझे दिल्ली यूनिवर्सिटी से ऑफर आया है। मेरी ड्रीम यूनिवर्सिटी... मेरा बचपन का सपना।"

नमन चुप।

"स्कॉलरशिप भी मिल रही है। छह महीने में जाना है, लेकिन तैयारी अभी से शुरू करनी होगी।" नमन ने धीरे से पूछा,

"और हम?"

कनिका की आँखें भारी थीं,

"मैं जानती हूँ हम कहाँ हैं... लेकिन मेरा सपना सिर्फ मेरा नहीं है। वो मेरी माँ की भी है। और... शायद मेरी पहचान की आखिरी उम्मीद भी।"

नमन कुछ नहीं बोला। बस झील की तरफ देखता रहा।

कनिका ने फिर कहा, "मैं चाहती हूँ कि तुम मेरे साथ खड़े रहो... लेकिन मैं ये नहीं कह सकती कि मैं तुम्हारे पास रह पाऊँगी।"

अगले कुछ दिन नमन ने किसी से बात नहीं की।

कॉलेज भी नहीं गया। अंकित ने एक-दो बार कॉल किया, लेकिन कोई जवाब नहीं मिला।

अंदर से वो टूट नहीं रहा था — वो सुन्न हो रहा था। अंकित उसे ढूँढते हुए उसके घर पहुँचा।

"तू खुद से भाग क्यों रहा है?" अंकित ने पूछा। नमन ने धीमे से कहा, "क्योंकि अब मैं उसके सपने के आड़े नहीं आना चाहता।" "और जो तुम दोनों का साथ था, वो क्या सपना नहीं था?"

"था... लेकिन शायद अधूरा रहना ही उसकी किस्मत थी।"

अंकित कुछ देर चुप रहा। फिर बोला, "सुन, किसी को उसकी उड़ान के लिए रोका नहीं जाता।

लेकिन जो खुद रुक जाता है, उसे कोई मंज़िल नहीं मिलती।"

कनिका ने आखिरी बार नमन को मिलने बुलाया।

"मैं जा रही हूँ," उसने कहा। नमन ने मुस्कुराकर जवाब दिया,

"जानता हूँ। और चाहता हूँ कि तू वहाँ इतना कुछ हासिल कर, कि खुद पर और मुझ पर कभी अफ़सोस ना हो।"

कनिका की आँखों में आँसू थे। "और हम?" उसने पूछा।

नमन ने उसकी हथेली पकड़कर कहा,

"हम... शायद हमेशा रहेंगे। बस किसी और तरीके से। किसी और जगह पर। शायद इस झील में... या इस बेंच पर। लेकिन एक-दूसरे में ज़रूर।"

कनिका ने उसे गले लगाया। ये अलविदा नहीं था — ये एक वादा था, जो वक़्त से बंधा नहीं था।

कभी-कभी प्यार छोड़ना नहीं होता, बस उसे उड़ने देना होता है...

शायद वो लौट आए, या फिर कहीं और खिल जाए।

***

7.जब कोई चला जाए और उसके जाने की आवाज़ भी न हो

कनिका चली गई थी। ना कोई ड्रामा, ना कोई बड़ा अलविदा। बस एक व्हाट्सएप मैसेज: "मैं चली गई। झील को देखना कभी-कभी। वहाँ हमारी बहुत सी बातें रुकी हैं। नमन ने पढ़ा, फिर फोन रख दिया। उसने कोई जवाब नहीं दिया।

कभी-कभी सबसे सही जवाब — जवाब ना देना होता है।

भीमताल वही था। वही झील, वही रास्ते, वही मौसम — पर अब उनमें से कोई भी नमन जैसा नहीं था।

वो अब भी झील पर आता था, उसी बेंच पर बैठता था...

पर अब वो चुप्पी में बसता था, किसी बात में नहीं।अंकित ने वक़्त समझ लिया था।

अब वो हर दिन नमन के पास आता, साथ बैठता, कुछ कहता नहीं।

एक दिन उसने कहा, "पता है तूने क्या किया?"

नमन ने बिना देखे पूछा, "क्या?"

"तूने उस लड़की को उसकी उड़ान दी। और खुद ज़मीन में गड़ गया।

अब उठा खुद को — क्योंकि तू सिर्फ किसी का 'प्यार' नहीं था... तू खुद भी बहुत कुछ है।" नमन ने पहली बार अंदर से सुना।

उसने धीरे से पूछा, "मैं अब क्या करूँ?"

अंकित ने कहा,

"जैसे कनिका ने अपने सपने के पीछे उड़ान ली, वैसे ही तू भी कर — लेकिन अपने लिए।"

अगले कुछ हफ्तों में नमन बदलने लगा। उसने अपनी कविताएँ फिर से उठाईं।

अपने लिखे अधूरे पन्ने खोले।

और एक फोल्डर में एक नई फाइल बनाई —

"भीमताल की खामोशी" — उसका पहला उपन्यास।

उसमें कोई साफ़ हैप्पी एंडिंग नहीं थी, लेकिन हर पन्ने में सच था। कनिका, अंकित, झील, बेंच, सर्द हवाएं, अनकहे अल्फाज़ — सब उसमें थे।

कई महीने बाद, जब पहली बार उसकी किताब छपी...

उसने उस पर कुछ नहीं लिखा — सिर्फ दो नाम:

"कनिका और अंकित — जिनसे मैंने खुद को जाना।"

कभी-कभी ज़िंदगी कोई जवाब नहीं देती,

वो सिर्फ तुम्हें खुद से मिलवाती है।

***

8. जब वापसी शब्दों से नहीं, निगाहों से होती है

एक साल बीत चुका था। नमन की किताब "भीमताल की खामोशी" अब पब्लिश हो चुकी थी।
छोटे शहरों में नाम कमाना आसान नहीं होता, लेकिन सच्चाई लिखने वालों के लिए जगह अपने आप बनती है।

एक लिटरेरी फेस्टिवल में उसका नाम बतौर लेखक बुलाया गया। भीड़ बहुत नहीं थी, पर उस छोटे से हॉल में वो सारे लोग थे जो कहानियाँ पढ़ते नहीं, महसूस करते थे।

नमन स्टेज पर गया, माइक के सामने खड़ा हुआ। उसने कहना शुरू किया — "ये कहानी झील के किनारे से शुरू हुई थी... जहाँ तीन लोग बैठा करते थे — एक जो सब सुनता था, एक जो सब कहता था, और एक... जो सब समझता था।"

भीड़ चुप थी।

"मैं नहीं जानता कि मैं उन तीनों में कौन था... शायद थोड़ा-थोड़ा सब था।"

सेशन के बाद, लोग मिलने लगे। किताबें साइन हुईं, तस्वीरें ली गईं। और तभी — एक कोने में एक चेहरा दिखा।

वही मुस्कान। वही आँखें। वही शांत सी उपस्थिति।

कनिका। उसने नमन को देखा... और हल्के से सिर झुकाया।

नमन उसके पास आया।

"तू आई?"

"किताब बुला लाई," कनिका ने जवाब दिया।

"कैसी लगी?" नमन ने पूछा।

"सच जैसी... थोड़ी अधूरी, लेकिन पूरी," कनिका ने कहा।

"और तू?" नमन ने पूछा।

"अब भी उड़ रही हूँ... लेकिन नीचे की ज़मीन याद रहती है," कनिका ने मुस्कुरा कर कहा।

दोनों साथ बाहर आए।

भीमताल वही था। अब भी सर्द, शांत, और समझदार।

कनिका ने पूछा,

"अब भी झील पर जाते हो?" नमन ने जवाब दिया,

"अब मैं वहाँ नहीं जाता... अब वो मेरे अंदर है।" दोनों एक-दूसरे की तरफ देख रहे थे। कुछ कहने की ज़रूरत नहीं थी।

कहानी पूरी थी।

कभी-कभी हम किसी को हमेशा के लिए पाते हैं,

लेकिन साथ नहीं रहते —

क्योंकि कुछ रिश्ते पूरी ज़िंदगी दिल में रहते हैं...

झील की खामोशी की तरह।

***

शब्दों से परे

1. पहली मुलाकात

हल्द्वानी एमबी पीजी कॉलेज की एक ठंडी सुबह...

नवल अपनी बाइक कॉलेज के बाहर खड़ी कर ही रहा था कि उसकी नजर अचानक कॉलेज के मेन गेट के पास खड़ी एक लड़की पर पड़ी। वो बहुत सुंदर थी, लेकिन उसकी आँखों में कुछ बेचैनी थी — जैसे कुछ खो गया हो, या जैसे कोई इंतज़ार कर रहा हो जो आया ही नहीं।

नवल वैसे तो बहुत शांत स्वभाव का था। किताबों का दोस्त, दोस्तों में कम, ख्यालों में ज्यादा रहने वाला। किसी अजनबी से बात करना उसके लिए बड़ा काम था। मगर उस लड़की की आँखों की उदासी ने उसे रोक लिया।

वो लड़की बार-बार इधर-उधर देख रही थी — चेहरे पर घबराहट थी। नवल करीब तो गया, पर पहले कुछ नहीं बोला। कुछ पल वहीं खड़ा रहा। फिर अचानक, जैसे खुद को ज़बरदस्ती हिम्मत दी हो, उसने धीरे से कहा:

"क्या बात है? आप कुछ परेशान लग रही हैं... कोई मदद चाहिए?"

लड़की ने चौंक कर उसकी तरफ देखा। कुछ पल के लिए चुप रही, फिर बोली, "नहीं... मैं ठीक हूँ।" नवल ने मुस्कुरा कर सिर हिलाया और वहीं खड़ा रहा। कुछ देर बाद, वो लड़की खुद उसके पास आई और हल्की-सी मुस्कान के साथ बोली, "सॉरी... वो मेरा पर्स ऑटो में छूट गया। और आज फोन भी घर पर ही रह गया। अजीब लगता है कहना, पर..."

नवल ने तुरंत कहा, "कोई बात नहीं, मैं आपको छोड़ देता हूँ। और रही बात पर्स की... मैं ऑटो यूनियन से किसी को जानता हूँ। मैं देखता हूँ।"

इतना कह कर उसने अपनी बाइक स्टार्ट की और कहा, "आईए बैठिए।" लड़की थोड़ा हिचकी, पर उसकी आँखों में भरोसा दिखा। वो बैठ गई।

"वैसे नाम क्या है आपका?" – नवल ने पूछा। "दिशा," – उसने मुस्कुरा कर कहा।

और इस तरह शुरू हुई एक ऐसी कहानी, जो सिर्फ मुलाक़ातों की नहीं, राज़ों, भरोसे और बदलते रिश्तों की थी...

***

2.   दोस्ती की पहली परतें

बाइक पर बैठे हुए दिशा चुप थी। नवल ने भी ज़्यादा बात करने की कोशिश नहीं की — उसका अंदाज़ हमेशा से ऐसा ही था, सहज, शांत और सम्मानजनक। हल्द्वानी की सड़कों पर हवा चल रही थी और बाइक के स्पीड के साथ दोनों की चुप्पी भी गहराती जा रही थी।

"कहाँ छोड़ना है आपको?" नवल ने आखिरकार पूछा।"हीरानगर...," दिशा ने धीरे से जवाब दिया। रास्ते भर दोनों ने बहुत कम बात की। लेकिन दिशा की आँखें बार-बार नवल की तरफ देख रही थीं। वह सोच रही थी — इतना शरीफ लड़का, न कोई बेहूदा सवाल, न कोई फ्लर्टिंग। आजकल कहाँ मिलते हैं ऐसे लोग?

घर पहुंचते ही, दिशा बोली, "थैंक यू नवल, और सॉरी आज यूँ ही परेशान किया।"

नवल ने कहा, "कोई बात नहीं। और अगर पर्स नहीं मिला तो मुझे बताना, मैं फिर कोशिश करूँगा।" दिशा ने मुस्कुरा कर 'ठीक है' कहा और अपने घर की तरफ चली गई।

अगले दिन कॉलेज में...

दिशा और नवल की नजरें फिर मिलीं। इस बार दिशा ने पहले हाथ हिलाया। नवल ने भी जवाब में हल्की मुस्कान दी।

"तुमने ऑटो यूनियन से बात की?" – दिशा ने पूछा।

"हाँ, एक ड्राइवर से बात हुई थी, वो कह रहा था कि कोई पर्स मिला था एक ऑटो में। शायद वही हो, मैं आज शाम को जाकर देखता हूँ।"

दिशा की आँखों में आश्चर्य और आभार दोनों थे। इतने कम समय में कोई इतना क्यों करता है?

कुछ दिन बाद...

पर्स मिल गया। नवल ने खुद जाकर वह पर्स वापस लाया और दिशा को सौंपा।

"तुम जानते नहीं, ये मेरे लिए कितना मायने रखता था," दिशा ने कहा। "इसमें सिर्फ पैसे नहीं थे... कुछ यादें थीं।"

नवल सिर्फ मुस्कुराया।

इन्हीं छोटी-छोटी मुलाकातों में कुछ बड़ा आकार लेने लगा। दिशा अब नवल के बग़ैर कॉलेज की कल्पना नहीं कर पा रही थी। और नवल, जो कभी किसी से खुलता नहीं था, अब दिशा से बातें करने के लिए क्लास के बाद रुकने लगा था।

एक दिन...

दिशा ने पहली बार पूछा, "तुम इतने शांत क्यों रहते हो नवल? कभी गुस्सा नहीं आते?" नवल कुछ देर चुप रहा। फिर बोला, "कभी-कभी। पर मैं गुस्से में वो कह देता हूँ जो मैं दिल से नहीं कहना चाहता। इसलिए शांत रहना पसंद है।"

दिशा पहली बार इतनी गहराई से किसी को महसूस कर रही थी। पर उसे नहीं पता था, नवल की शांति के पीछे भी एक तूफान छुपा था... और वो तूफान अभी आना बाकी था।

***

3: अद्विक की वापसी

ल्द्वानी की शामें कुछ अलग होती थीं — हल्की गुलाबी रोशनी, आसमान पर चिड़ियों का झुंड, और कॉलेज कैंपस में धीरे-धीरे बुझती आवाजें। नवल और दिशा अब हर दिन कॉलेज के बाद कुछ वक्त साथ बिताने लगे थे। लाइब्रेरी, कैंटीन, या कॉलेज के गार्डन की वो पुरानी बेंच — हर जगह अब उनकी यादों से भरती जा रही थी।

लेकिन उस शाम कुछ अलग था।

दिशा अचानक बहुत चुप थी। नवल ने गौर किया — आज उसने एक भी बार मुस्कुरा कर उसका नाम नहीं लिया। बातें तो कीं, पर कुछ खोया-खोया सा लग रहा था।

"सब ठीक है?" नवल ने पूछा।

दिशा ने सिर हिलाया। "हाँ... बस..."

वो 'बस' के आगे कुछ नहीं कह सकी। नवल समझ तो रहा था, पर कुछ ज़बरदस्ती नहीं करना चाहता था।

अगले दिन...

कॉलेज में एक अजनबी दिखाई दिया — लंबा कद, स्मार्ट लुक, आँखों में तेज़ और चाल में आत्मविश्वास।"अरे वो तो अद्विक है ना?" – किसी ने कहा।

"कौन अद्विक?" नवल ने पूछा अपने बेंचमेट से।

"अरे दिशा का एक्स। पिछले साल तक साथ थे। पर फिर अचानक अद्विक ने कॉलेज छोड़ दिया था — कुछ फैमिली इशूज थे शायद। अब वापस आ गया लगता है।"

नवल के कानों में जैसे कुछ टकरा गया हो।

दिशा का एक्स?

लंच ब्रेक...

दिशा कैंटीन के कोने में बैठी थी और सामने अद्विक खड़ा था। उसकी आँखों में वो पुराना अपनापन, लेकिन कहीं कुछ और भी था — जैसे वो कुछ छुपा रहा हो।

नवल ने दूर से देखा।

"क्या वो अभी भी उससे प्यार करती है?" उसके मन में सवाल उठा। उस दिन दिशा ने नवल से ज़्यादा बात नहीं की।

शाम को, कॉलेज के गेट पर...

नवल ने हिम्मत कर के पूछा, "वो... अद्विक वापस आ गया है?" दिशा चौंकी, फिर बोली, "हाँ। उसने कल ही मुझसे बात की। मैं... कन्फ्यूज़ हूँ, नवल।"

नवल ने सिर्फ इतना कहा, "अगर कभी बात करना चाहो, मैं यहीं हूँ।"

अगले हफ्ते...

दिशा और अद्विक फिर से मिलने लगे थे। कुछ लोगों को लगा वो फिर साथ हैं। नवल सब देख रहा था, पर कुछ कह नहीं रहा था।

वो अंदर ही अंदर टूट रहा था।

पर कहानी में एक और मोड़ बाकी था...

अद्विक का रहस्य

अद्रिक दिशा से मिल तो रहा था, पर उसका असली मकसद कुछ और था। वो एक प्रोजेक्ट के सिलसिले में कॉलेज आया था — और दिशा से दुबारा जुड़ना... बस एक इमोशनल खेल। पर दिशा इस बार कमजोर नहीं थी — और नवल की मौन सच्चाई उसे अब भी याद थी।

***

4. वो एक फैसला

कॉलेज का कैंपस अब पहले जैसा नहीं रहा था — कम से कम नवल के लिए। दिशा और अद्विक की बढ़ती नज़दीकियाँ हर दिन नवल को भीतर तक तोड़ रही थीं। वो जिसे अब तक समझता था कि वो उसकी हो चुकी है, अब अचानक किसी और के साथ हँसती-खिलखिलाती दिखती थी।

पर वो चुप था। हमेशा की तरह।

एक दोपहर लाइब्रेरी में...

नवल किताबें पढ़ने का बहाना करके बैठा था, लेकिन उसकी नजरें दरवाज़े की तरफ थीं — शायद दिशा आए, शायद आज बात हो।

और दिशा आई।

पर इस बार उसके चेहरे पर वो चमक नहीं थी जो अद्विक के साथ होती थी — उसकी आँखों में उलझन थी, और गालों पर थकान।

"नवल, क्या तुम मुझसे नाराज़ हो?" दिशा ने धीरे से पूछा।

नवल ने आँखें उठाई — वो शांत था, पर भीतर से डरा हुआ भी।

"नहीं," उसने कहा। "तुम्हारे फैसले तुम्हारे हैं। मैं कोई हक़ नहीं रखता..."

दिशा कुछ पल चुप रही। फिर धीरे से बोली, "अद्विक ने मुझे छोड़ा था। बिना कुछ कहे। अब जब वापस आया है... वो

कहता है कि सब बदल गया है, कि वो मुझसे प्यार करता है। पर मैं... मैं खुद नहीं जानती, क्या मैं वैसा महसूस करती हूँ या सिर्फ आदत है।”

नवल ने सिर्फ एक बात कही — “प्यार आदत नहीं होता, दिशा। वो सुकून होता है, जहाँ तुम्हें साबित नहीं करना पड़ता कि तुम काबिल हो।”

अगले दिन...

कॉलेज में खबर फैली — अद्विक अब हल्द्वानी में नहीं रुकेगा। उसका प्रोजेक्ट खत्म हो गया है और उसे वापस दिल्ली जाना है।

कई लोगों को लगा कि दिशा भी उसके साथ जाएगी। लेकिन दिशा ने कोई जवाब नहीं दिया।

शाम को, कॉलेज की वही पुरानी बेंच पर...

दिशा और नवल साथ बैठे थे।

"कल मैं आखिरी बार अद्विक से मिलने जा रही हूँ," दिशा बोली।

नवल ने कुछ नहीं कहा।

"अगर मैं वापस आई... तो शायद इसका मतलब होगा कि मैं तुम्हें चुनती हूँ।"

नवल की नजरें अब जमीन से उठीं। वो कुछ बोलने ही वाला था कि दिशा ने उसके हाथ पर हाथ रखा और कहा — "पर अगर मैं नहीं आई... तो भूल जाना मुझे, नवल। तुम बहुत अच्छे हो... पर शायद मैं तुम्हारे लायक नहीं।"

अगले दिन...

घड़ी की सुइयाँ दौड़ रही थीं। शाम के 6 बज चुके थे।

नवल कॉलेज की उसी बेंच पर बैठा था। अकेला। चुप।

7 बज गए। फिर 8।

दिशा नहीं आई।

एक हफ्ते बाद...

नवल ने खुद को पढ़ाई में झोंक दिया। धीरे-धीरे दिशा की यादों को किताबों के पन्नों में छिपा दिया। उसने मान लिया था — वो लौटेगी नहीं।

पर एक दिन...

लाइब्रेरी की उसी खिड़की पर, नवल को एक पुर्जा मिला।

उस पर लिखा था:

"मैं आई थी, पर तुम नहीं थे।

मैं तुम्हें चुन चुकी थी, पर अब शायद बहुत देर हो गई है।

अगर किस्मत दोबारा हमें लाए... तो शायद ये अधूरी कहानी मुकम्मल हो सके।

– दिशा"

***

5. अधूरी मुलाकातें

पुर्जे को पढ़ते ही नवल की दुनिया रुक गई। "मैं आई थी, पर तुम नहीं थे..." उस एक लाइन में जैसे हर जवाब छिपा था, और हर सवाल भी।

उस दिन — जिस दिन दिशा ने कहा था कि अगर वो लौटे तो उसका मतलब होगा कि वह नवल को चुनती है — उस शाम नवल कॉलेज की बेंच पर था। पर शाम के 8 बजे, भारी मन से वह वहाँ से चला गया था। और शायद... दिशा 8:15 पर आई थी।

नवल के दिल में बेचैनी जागी। क्या वो सिर्फ 15 मिनट की देर थी जिसने सब बदल दिया? क्या किस्मत ने बस यही एक मौका दिया था — और वो चूक गया?

दिशा कहाँ गई थी?

कुछ दिनों बाद, नवल को पता चला कि दिशा अचानक कॉलेज से छुट्टी पर चली गई थी। किसी को ज्यादा जानकारी नहीं थी। उसने खुद को कॉलेज से अस्थायी रूप से "सस्पेंड" करवा दिया था — कारण? "पर्सनल इमरजेंसी।"

नवल को अब हर चीज़ रहस्य लग रही थी। उसने एक दिन कॉलेज रिकॉर्ड्स से चुपचाप दिशा का पता फिर से निकाला और हीरानगर की उस गली में गया।

पर वहाँ, घर बंद मिला। अचानक, एक पुराना ऑटो ड्राइवर मिला...

"साहब, वो लड़की? दिशा? वो तो दिल्ली चली गई... उसके पापा की तबीयत बहुत खराब थी। कुछ बोल के नहीं गई। बस एक दिन अचानक निकल गई।"

दिल्ली?

क्या दिशा ने उसे सच में माफ कर दिया था? या उसने फिर से खुद को खो देने से बचाया?

एक साल बाद...

नवल अब नैनीताल यूनिवर्सिटी में M.Sc. कर रहा था। पहले जैसा नहीं रहा — थोड़ा कम बोलता था, थोड़ा और गंभीर हो गया था। पर पढ़ाई में अव्वल।

एक दिन, उसके प्रोफेसर ने कहा, "नवल, दिल्ली में एक साइकोलॉजिकल रिसर्च सेमिनार हो रहा है। तुम वहाँ हमारे डिपार्टमेंट को रिप्रेज़ेंट करो।"

नवल ने हामी भर दी।

दिल्ली।

सेमिनार के आख़िरी दिन...

एक बड़ी गैलरी में रिसर्च पोस्टर्स लगे थे। नवल अपना पेपर डिस्प्ले कर रहा था, तभी उसकी नजर एक नाम पर पड़ी:

"Disha Sharma – Mental Health Support Systems for Abandoned Patients"

दिल थम गया।

वो सामने खड़ी थी — अब और भी शांत, और भी आत्मनिर्भर। बाल थोड़े छोटे हो गए थे, लेकिन आँखें वैसी ही थीं — गहराई से भरी हुई।

उनकी नजरें मिलीं। दिशा ने सिर्फ एक बात कही:

"मैं आई थी, नवल... अबकी बार देर मत करना।"

***

6: दोबारा दस्तक

से मिनार हॉल की हल्की-सी भीड़ और धीमे चल रहे चर्चाओं के बीच नवल और दिशा खामोशी से एक-दूसरे को देख रहे थे। शब्द जैसे कहीं खो गए थे, और दिलों की धड़कनों ने संवाद संभाल लिया था।

नवल ने पहली बार उन आँखों में वो चीज़ देखी जो एक साल पहले अधूरी रह गई थी — माफ़ी, प्यार, और एक अधूरा वादा। "तुम सच में थी उस दिन?" नवल की आवाज़ काँप रही थी। दिशा ने मुस्कुराकर सिर हिलाया, "हाँ। और तुम नहीं थे।"

नवल ने गहरी साँस ली। "मैं सोचता रहा... कि शायद तुम बदल गई हो। शायद अद्विक फिर से तुम्हारी ज़िंदगी में..."

"अद्विक सिर्फ एक बंद अध्याय था," दिशा ने उसकी बात काटते हुए कहा। "उस दिन जब मैं वापस आई थी, मैं तुम्हें चुन चुकी थी। लेकिन शायद किस्मत को अभी और इंतज़ार मंजूर था।"

दिल्ली की सर्द दोपहर...

दोनों साथ कैफे में बैठे थे। बातें हो रही थीं — छोटी-छोटी, मुस्कराहटों से भरी हुईं, उन पलों की भरपाई जो अधूरी रह गई थीं।

दिशा ने बताया, "पापा की तबीयत बहुत खराब थी। अचानक सब कुछ छोड़कर जाना पड़ा। और जब मैं लौटी, तब तुम वहाँ नहीं थे।"

"तुमने कुछ कहा क्यों नहीं?" नवल ने पूछा।

"कभी-कभी इंसान सोचता है, अगर वो सच में चाहता है... तो ढूँढ़ेगा। लेकिन मैंने गलत सोचा।"

नवल ने दिशा का हाथ थामा। "शायद अब हम दोनों सही वक्त पर मिले हैं।"

पर कहानी इतनी सीधी नहीं थी...

अगले दिन दिशा को एक कॉल आया — अद्विक का।

"मैं जानता हूँ तुमने माफ कर दिया, दिशा... पर क्या खुद को माफ कर पाई हो?"

दिशा स्तब्ध रह गई। "अब क्यों कॉल किया है?"

"क्योंकि मैं नहीं चाहता कि तुम फिर अधूरी रहो। और मैं भी नहीं।"

अब दिशा के सामने फिर से एक चुनाव था:

- ➢ अतीत का वो हिस्सा जो अब खुद को बदल कर लौटा था
- ➢ या नवल — वो इंसान जिसने बिना शर्त प्यार किया, इंतजार किया, और कभी शिकायत नहीं की

दिशा की आँखों में आँसू थे। लेकिन इस बार, वो तय कर चुकी थी।

***

7. आखिरी मोड़

दिल्ली की शामें अक्सर भीड़ में गुम हो जाती हैं, पर उस दिन दिशा के दिल की हलचल किसी ट्रैफिक सिग्नल से कम नहीं थी — हर सोच, हर याद, हर एहसास... रुक रहा था, चल रहा था, टकरा रहा था।अद्विक की बातों ने उसे फिर उलझा दिया था।

"मैं नहीं चाहता कि तुम अधूरी रहो।"

ये शब्द सीधा उसके सबसे गहरे डर से टकरा रहे थे।

एक दिन बाद, नवल को दिशा का मैसेज मिला: "आज शाम 6 बजे कनॉट प्लेस के पुराने चर्च के पास मिलो। एक आखिरी बार।" नवल का दिल बैठ गया। आखिरी? ये क्या फैसला होगा?

शाम 6 बजे...

नवल पहुँचा। दिशा पहले से खड़ी थी — सफेद कुर्ता, नीली दुपट्टा, हवा में उड़ते बाल... और आँखों में आँसू।

"मैं आज सब कुछ साफ करना चाहती हूँ, नवल," दिशा बोली।"मैंने अद्विक से बात की। उसने वाकई बदलने की कोशिश की है, और शायद अब वो वक़्त की कीमत समझता है। लेकिन..."

नवल की साँसें थम गईं।

"...लेकिन तुमने कभी कोशिश नहीं की — क्योंकि तुम्हारे प्यार में शर्तें नहीं थीं। तुम्हारे साथ मुझे खुद को साबित नहीं करना पड़ा। तुम मेरे साथ थे... जब मैं खुद से भी नहीं थी।"

और फिर दिशा ने कुछ कहा... जो नवल ने कभी नहीं सोचा था:

"मैं तुम्हें हमेशा के लिए चाहती थी, नवल। लेकिन अब मैं तुम्हें नहीं मिल सकती।"

नवल स्तब्ध। "क्या...?"

"मुझे कुछ महीनों के लिए विदेश जाना होगा — माँ की तबीयत... और फिर शायद वहीं रुकना पड़े। मैं नहीं चाहती कि तुम फिर अधूरे इंतज़ार में रहो। इसलिए मैं अलविदा कहने आई हूँ।"

पर यहीं आता है ट्विस्ट...

दिशा ने बैग से एक चिट्ठी निकाली और नवल को दी। "अगर एक साल बाद... आज के ही दिन... तुम मुझे फिर से यहीं देखो... तो समझना, हम किस्मत में हैं। और अगर नहीं..."

नवल ने चिट्ठी पकड़ी — उसकी हथेलियाँ काँप रही थीं। "...तो ये कहानी बस एक अधूरी कविता बनकर रह जाएगी — जो किसी और के दिल में पूरी होगी।"

एक साल बाद...

6 बजे। कनॉट प्लेस का वही चर्च। बड़ी भीड़। नवल खड़ा था — उसी जगह, उसी दिल के साथ। घड़ी की सूई 6 बजाकर आगे बढ़ी।

और फिर...

दिशा सामने खड़ी थी। मुस्कराती हुई।

अंत नहीं... यह एक नई शुरुआत थी।

"परछाई में छुपा प्यार" — एक प्रेम कथा जो अधूरी थी, पर अधूरी रहने के लिए नहीं बनी थी।

***

उपसंहार – रुख़ हवाओं का बदल ही गया था...

काठगोदाम की उन गर्मियों में बहुत कुछ पिघला — बर्फ़ भी, दिल भी और कई सालों से जमी हुई खामोशियाँ भी। शहर की एक तेज़ लड़की और पहाड़ों का एक शांत लड़का, जिनके रास्ते यूँ टकराए जैसे दो मौसम — और जब मौसम मिलते हैं, तो कुछ भी पहले जैसा नहीं रहता।

कर्निका जब पहली बार आई थी, उसे बस काम पूरा करना था, कुछ दिन बिताने थे और लौट जाना था। पर शायद पहाड़ों की हवा सिर्फ ठंड नहीं लाती, **वो अंदर की थकान भी सोख लेती है।** वो धीमी-धीमी चाय की चुस्कियों में, उन पुराने से मैग्गी प्वाइंट की बेंचों पर, और रोहन की खामोश मुस्कान में एक नई कहानी बन रही थी, बिना कोई वादा किए, बिना कुछ कहे।

लेकिन हर कहानी सीधी नहीं होती। बीच में आये कुछ अधूरे रिश्ते, कुछ अधूरी मुलाकातें, और कुछ नाम जो कभी पहले दिल में दर्ज थे — जैसे रौनक।उसकी वापसी एक झटका थी, लेकिन ये भी ज़रूरी था।

कर्निका को समझ आ गया था — ज़िंदगी में पीछे जाकर देखने से कुछ बदलता नहीं, बस हम समझ जाते हैं कि आगे बढ़ना क्यों ज़रूरी है ।

भीमताल की खामोशी सिर्फ एक और जगह नहीं थी — वो एक भाव था, जहाँ रिश्तों ने शोर नहीं किया, पर उनकी गहराई हर शब्द से कहीं ज़्यादा थी।नमन और अंकित की दोस्ती, और कर्निका का आना — तीन दिल, तीन दिशाएँ, और एक झील का किनारा । हर किसी ने कुछ खोया, कुछ समझा... और कुछ कहे बिना कह दिया ।

रोहन और कर्निका की कहानी वहीं जाकर पूरी हुई, जहाँ से शुरू हुई थी — **एक खुला दरवाज़ा, दो कप चाय और वो हवा जो अब जानी-पहचानी सी लगती थी।** जब कर्निका ने ट्रेन का टिकट जेब में रख छोड़ा और स्टेशन से लौट आई, वो सिर्फ एक रूट बदलना नहीं था — वो एक पूरी ज़िंदगी की दिशा बदलना था ।

“अगर तुम सच में लौट रही हो... तो दरवाज़ा खुला है ।” शायद इतना सुनना ही काफी होता है, जब दिलों की जुबान खुलती है ।

रोहन ने कभी ज़ोर नहीं डाला, कभी सवाल नहीं किए — उसने बस अपनी जगह छोड़ी नहीं । कर्निका ने बहुत कुछ छोड़ दिया — रौनक के सवाल, दिल्ली की आवाजें, और उस दौड़ को जिसमें वो खुद को खोती जा रही थी ।

उन दोनों के बीच जो रिश्ता बना, उसका कोई नाम नहीं था। लेकिन उसकी जड़ें मौसमों से गहरी और पहाड़ों से मजबूत थीं। उन्होंने एक-दूसरे को चुना — ना कि किसी पुराने डर या किसी नए लालच के कारण, बल्कि इसलिए कि अब वो खुद को बेहतर समझ चुके थे।

"नाम ज़रूरी नहीं होता," रोहन ने कहा था,

"रिश्ता अगर दिल से बना है, तो टिकता है।"

कभी-कभी, किसी एक इंसान का साथ पूरी ज़िंदगी की परिभाषा बदल देता है। काठगोदाम की वो गर्मियाँ बस एक मौसम नहीं थीं, वो **एक पलटी हुई ज़िंदगी का रास्ता थीं।**

और भीमताल? वो अब भी शांत था। लेकिन उस खामोशी में अब एक संतोष था — जैसे कुछ अधूरी कहानियाँ अपने पूरे वजूद के साथ चुपचाप जी ली गई हों।

कथा ख़त्म नहीं हुई।

शब्द रुक गए, पर भाव अब भी बहते हैं — जैसे उन झीलों में, जिनमें हम अपने आप को देखते हैं।

अगर आपने कभी किसी मोड़ पर रुककर खुद से सवाल किया है, अगर कभी किसी खामोश इंसान की आँखों में जवाब ढूंढा है, तो आप भी कहीं न कहीं इस कहानी का हिस्सा हैं।

— धीरेन्द्र सिंह बिष्ट

("काठगोदाम की गर्मियाँ" और "भीमताल की खामोशी" के साथ कुछ कहानियाँ सिर्फ लिखने के लिए नहीं होतीं... वो जीने के लिए होती हैं।)

लेखक परिचय: धीरेंद्र सिंह बिष्ट

धीरेंद्र सिंह बिष्ट उन लेखकों में से हैं, जिनकी कलम केवल कहानियाँ नहीं कहती — वो ज़िंदगी के अनकहे हिस्सों को आवाज़ देती है। उनके शब्दों में पहाड़ों की सादगी है, कस्बों की ख़ामोशी है, और इंसानी रिश्तों की सच्चाई है।

उत्तराखंड की वादियों से निकलकर, उन्होंने अपनी कहानियों में न केवल वहां की मिट्टी की खुशबू बसाई, बल्कि उन भावनाओं को भी संजोया जिन्हें अक्सर शब्द नहीं मिलते। उनकी लेखनी का केंद्र 'आम' लोग हैं — जो बोलते कम हैं, लेकिन महसूस बहुत करते हैं।

उनकी चर्चित पुस्तक **"काठगोदाम की गर्मियाँ"** एक ऐसा भावनात्मक संग्रह है, जिसमें हर कहानी किसी भूली-बिसरी गर्मी की दोपहर की तरह दिल में उतरती है। यह किताब सिर्फ समय बिताने के लिए नहीं है, यह उन लम्हों को पकड़ती है जो वक़्त के साथ पीछे छूट जाते हैं — और फिर भी हमारे भीतर ज़िंदा रहते हैं।

इसी श्रृंखला की एक प्रमुख कहानी **"भीमताल की खामोशी"** है, जो दोस्ती, प्रेम और चुप्पी की परतों को बेहद सादगी से खोलती है। इसमें रिश्तों की आवाज़ नहीं है, लेकिन हर पंक्ति एक गहरी सच्चाई को उज़ागर करती है।

धीरेंद्र की एक और प्रभावशाली पुस्तक **"फोकटिया"** उन अनसुने और अनदेखे किरदारों की कहानी है, जो समाज में 'गैरज़रूरी' समझे जाते हैं, लेकिन जिनकी सोच और खामोशी सबसे भारी होती है। फोकटिया एक ऐसा चरित्र है जो बाहर से हल्का दिखता है, लेकिन अंदर से ठोस जीवनदर्शन से भरा हुआ है। यह किताब उन लोगों को समर्पित है जो शोर में नहीं, बल्कि खामोशी में ज़िंदगी समझते हैं।

धीरेंद्र की खास बात यह है कि वो अपने पात्रों को साधारण रखते हैं, लेकिन उनके अनुभव असाधारण होते हैं। उनकी कहानियाँ पाठक को झकझोरती नहीं, बल्कि धीरे-धीरे उनके भीतर उतरती हैं। वो भावनाओं को बयान नहीं करते — उन्हें जीने का अवसर देते हैं।

उनकी लेखनी में प्रेम की मिठास है, वियोग की चुभन है, और आत्मा की गहराई है।

वो कहते हैं —

"मैं लिखता नहीं, बस वो सब सुनाता हूँ जो कभी किसी ने किसी से कहा नहीं।"

उनकी किताबें न सिर्फ पढ़ी जाती हैं, बल्कि महसूस की जाती हैं।

पाठकों के लिए धीरेंद्र एक ऐसे लेखक हैं जो उन्हें उनके खुद के भीतर लेकर जाते हैं — उन हिस्सों में, जहाँ अक्सर कोई नहीं जाता।

धीरेंद्र सिंह बिष्ट आज भी अपनी कहानियों के माध्यम से उन आवाज़ों को जगह दे रहे हैं, जिन्हें इस तेज़ दुनिया में कोई नहीं सुनता।

अगर आपने कभी ज़िंदगी के किसी मोड़ पर खुद से बात की है, तो यक़ीन मानिए — धीरेंद्र की किताबों में आप खुद को ज़रूर पाएँगे।